KB135987

바다의 문장들 1

- 더 넓고, 더 시원한 삶을 위하여

"세상 모든 것에 감탄하는 지혜로운 사람들의 공간"
도서출판 호밀밭 homilbooks.com

바다의 문장들 1 (비치리딩 시리즈 7)
- 더 넓고, 더 시원한 삶을 위하여

지 은 이	장현정
초판 1쇄	2022년 7월 15일
편 집	박정오, 임명선, 하은지, 허태준
디 자 인	스토리머지 정종우
미 디 어	전유현, 최민영
경영지원	김지은, 김태희
마 케 팅	최문섭

펴 낸 이	장현정
펴 낸 곳	㈜호밀밭
등 록	2008년 11월 12일(제338-2008-6호)
주 소	부산 수영구 연수로 357번길 17-8
전 화	051-751-8001
팩 스	0505-510-4675
이 메 일	anri@homilbooks.com

Published in Korea by Homilbooks Publishing Co, Busan.
Registration No. 338-2008-6.
First press export edition July, 2022.

Author Jang Hyun Jung
ISBN 979-11-6826-008-5 (03800)

※ 가격은 겉표지에 표시되어 있습니다.

※ 도서출판 호밀밭은 지속가능한 환경과 생태를 위해 재생 가능한 종이를 사용해 책을 만듭니다.

바다의 문장들 1

- 더 넓고, 더 시원한 삶을 위하여

장현정 지음

차례

프롤로그 - 바다에서 나온 우리는, 바다처럼 아름답고 숭고하다!

바다는 모든 것을 '받아' 주어서 바다라는 말이 있다. 사람들은 지치고 힘들면 버릇처럼 바다가 보고 싶다고 말한다. 엄마가 보고 싶다는 말처럼 들리는데 실제로 바다는 인류의 엄마이기도 하다. 바다에 가서 바닷물처럼 짠 눈물을 흘리기도 한다. 다 커서도 바다에서 울 수 있는 사람은, 다 커서도 엄마 앞에서 울 수 있는 사람만큼이나 용기 있는 사람이다.

나도 10살 때부터 광안리 바닷가에서 살았다. 광안리를 사랑해서 직접 지은 호도 '안리(安里)'이다. 개인적인 추억도 많다. 다리가 들어서고 주변 풍광도 많이 바뀌었지만 그러거나 말거나, 바다는 그때나 지금이나 사람의 흔적이 닿을 수 없는 원시의 자연 그대로다. 130억 년 전이나 지금이나 무심하게 쓱 밀려왔다가 밀려가길 반복할 뿐이다. 바짝 마른 세상이 버거울 때, 파도가 밀려간 자리에 남아 물기를 머금은 채 반짝이는 돌이나 조개껍데기를 줍는 일은 멋있고 우아한 사치다.

바다를 사랑하는 사람을 '탈라소필(Thalassophile)'이라고 한단다. 내가 그렇다. 그리고 나는 책을 읽고, 쓰고, 만드는 게 직업인 사람이다. 그래서 바다를 보며 떠올린 문장과 단상을 1년에 한 권씩 연간 무크지 형식으로 묶어보기로 했다. 이미 2011년 6월에 광안리를 사랑하는 사람들이 모여 창간한 잡지 '안녕 광안리'에 편집장으로 참여해 광안리를 문장으로 사랑해본 경험이 있다. 놀자고 만든 잡지에 죽자고들 응원해주셔서 정말 고마웠던 기억이 새삼스럽다.

'바다의 문장들'은 올해(2022년)를 시작으로 매년 여름 발행될 예정이다. 1년 52주 동안 1주일에 한 문장씩 음미해본다는 컨셉인데 1시간 만에 해변에 누워 후딱 읽을 수도 있고, 1년에 걸쳐 매주 한 문장씩 천천히 읽을 수도 있고, 평생에 걸쳐 생각날 때마다 읽을 수도 있을 테다. 이미 온라인이 '정보의 바다'가 되었으니 이런저런 정보들은 다 걷어내고 문장 하나당 원고지 5매 내외로 정리하는 걸 목표로 삼았다. 마음을 건드리는 글이 있어 더 궁금한 게 있다면 인터넷에 접속해 '서핑'하시면 될 것이다.

그동안 바다는 너무 오랫동안 위험한 곳, 공포와 두려움의 대상으로만 생각되어왔다. 그러나 바다는 현실에서는 갈 곳 없는 이들이 그야말로 가장 마지막으로 빠져나갈 수 있는 유일한 외부였다. 차마 자살할 수도 없을 때, 인간은 죽음을 각오하고 바다를 향해 나아갔다. 그리고 많은 것이 바뀌고 있는 지금은, 그 외부야말로 새로운 중심이 되고 있다. 나도 다 벗어 던지고 바다로 나가 해적이 되리라!

육지를 중심으로만 세계를 바라봐 온 우리의 관념은 너무 왜소하다. 더 새롭고, 더 불편하고, 더 낯선 자극이 필요하다. 삶이란 얼마나 입체적이고 풍만하며 아름다운가! 그런데도 겨우 조금씩 구별 지으며 살아가는 모습들은 안쓰러울 정도다. 육지적 사고는 '선 긋기'에 기반하지만, 해양적 사고는 서로 만나 하나가 되는 '섞임'에 기반한다. 차별과 혐오의 원인은 다른 게 없다. 무지와 무식이다. 바다도 마찬가지다. 우리는 바다를 모르고, 모르기에 존중하지 않으며, 나아가 파괴하는 중이다.

인생을 더 넓고 시원하게 살기 위해, 우리에게는 바다를 닮은 문장들이 필요하다. 바다가 우리에게 주는 지혜와 바다를 사랑한 사람들의 고백. 계절의 흐름과 더불어 52주 동안 한 문장씩 깊이 감상하다 보면 인문과 예술의 아름다움이 새삼 파도처럼 우리 삶 속으로 밀고 들어와 주겠지.

어야디야, 어야디야, 어기여차, 어서 가세!

- 2022년 여름, 광안리에서

1부. 봄의 바다와 12개의 문장

“내 귀는 소라껍질,
바다소리를 그리워 한다”

- 장 콕토, <귀-칸느 5> 전문

인류의 전생은 물고기였대. 꽃도, 나무도, 고양이도, 그 무엇도 될 수 있었대. 그런데 왜 지금 우리는 다른 것이 되지 못하고 늘 제자리만 맴도는 걸까. 왜 자기 폐쇄적일까. 왜 다른 걸 받아들이지 못하고, 이해하지 못하고, 나아가 구별 짓고 탓하고 혐오하는 걸까. 도덕적이거나 윤리적이지 못해서 그런 걸까. 아니, 지적인 걸 못 참고 상상력이 부족해서 그런 걸 거야.

그래도 예술이 있어서 다행이야. 예술은 어떤 순간에 우리를 완전히 다른 존재가 될 수 있도록 도와주니까. 시, 소설, 비평에다 그림, 조각, 영화, 연기에도 능했던 프랑스의 전방위 예술가 장 콕토는 단 두 문장으로 완벽하게 다른 존재가 되는데 성공했지. 끊임없이 밀려와서 부서졌다가 아무 일 없었다는 듯 멀어지기를 반복하는 파도의 운동처럼, 그의 삶도 종횡

무진 알 수 없는 모순으로 가득했지만 그렇게 복잡했기 때문에 더 빛날 수 있었던 건 아닐까. 진실은 언제나 입체적인 것처럼 말이야. 칸영화제의 로고를 디자인하기도 한 그는 세기말이었던 1889년에 태어나서 20세기 초반 두 번의 세계대전을 경험하고 1963년에 사망했어.

나도 소라 껍데기가 되고 싶어. 그러려면 먼저 바닷소리를 그리워해야겠지. 사무치게 무언가를 정말로 그리워한다면, 귀뿐 아니라 몸과 마음 전체가 언제든 소라 껍데기 아니라 그 무엇이라도 될 수 있을 테지. 나는 오늘 밤, 온몸이 나선형의 소라가 되어 세상이 보내는 신호를 빨아들이는 꿈을 꿀 거야. 사기꾼들이 복잡한 계약서처럼 근사하게 포장한 예술에 대한 신화와 괴담과 상징들은 모두 내다 버리고 내가 상상할 수 있는 가장 아름다운 것이 될 거야. <봉기와 함께 사랑이 시작된다>(2013, 바다출판사)에서 저자 히로세 준이 말했지. "세계를 바꾸는 것보다 세계 속에서 우리 자신이 무언가 다른 것이 되는 것이 중요하다."

"바다가 되지 않으면 매일 배멀미가 난다."

If you don't become the ocean,
you'll be seasick every day.

— 레너드 코헨(Leonard Cohen)

흉내 내는 일은 지겨워. 어릴 때야 엄마랑 아빠를 사랑해서 그랬다 쳐도, 다 큰 어른이 미디어나 주변의 이런저런 유행에 휩쓸려서 자기도 그렇게 되어보려고 흉내 내느라 피 같은 인생의 시간을 과감하게(?) 탕진하는 걸 보면 안타까워서 울고 싶어져. 어떻게 '표피'만으로 '진짜 삶', '진짜 세상' 같은 게 가능하겠나. 빈곤한 상상력은 언제나 지켜보는 이를 오줌 마렵게 해. 빨리 그 자리에서 벗어나고 싶게 만들지.

레너드 코헨(1934~2016)은 캐나다의 가수이자 시인이야. 외모에서도 느낄 수 있지만, 그가 부르는 노래나 그가 쓴 시들은 기본적으로 고독의 정조를 깔고 있어서 우아하고 품위 있지. "네가 애인을 원한다면, 혹은 다른 방식의 사랑을 원한다면, 그게 무엇이든 해달라는 대로 해줄게. 복서를 원한다면 링으로 올라갈 거야. 내가 여기 있어. 나는 너의 남자야."(<아임 유어 맨 I'm your man>, 1988) 라고 노래한 사람이니까 두말하면 잔소리일 테고 요즘 말로 하면 '추앙'하겠다는 건데 대단하지. 그거 아무나 할 수 없는 거잖아. 추앙. 중구 천재 김일두도 명곡 <문제없어요>에서 추앙을 노래했지. 사랑의 맞담배를 피우자며.

정말 그런 것 같아. 간을 봐가면서 지내는 삶, 한 발만 담근 채 보내는 시간은 안전하다는 느낌을 주긴 하지만 이유 없이 불안하고 두렵게 만들잖아. 늘 어딘가 채워지지 않는다는 느낌, 저만치서 돌아가는 세상이 나와는 상관없이 갈수록 멀어져만 간다는 느낌. 그래서 우리는 매일매일 잠 못 이루고 밥을 못 먹고 토하고 울지. 이 시대의 인간이라면 누구나 일정량을 공유하고 있다는 그 기분, '멜랑콜리 melancholy' 때문에 매일매일 나름의 방식으로 멀미를 하지. 우울을 줄이는 데 비린내가 도움 되는 거 알아? 바닷가에서는 짭짤하고도 비릿한 특유의 냄새가 나. 생명의 냄새지. 오염된 바다에서 나는 탁한 냄새랑 혼돈하면 안 돼. 아, 정말 더는 못 참겠어. 이제 바다가 될래.

"모든 것엔 금이 가 있다.
그래야 빛이 들어온다."

There is a crack in everything.
That's how the light gets in.

— 레너드 코헨(Leonard Cohen)

뭐가 부족할까? 부족함이 부족한 건 아닐까? 이것저것 부족하다고들 우는 소릴 하지만 정작 필요한 것에 대해서는 부족함을 못 느끼는 건 아닐까? 그래서 이 세상을 충분히 느끼지 못하고, 음미하지 못하고 있는 건 아닐까? 세상과 껴안고 뒹굴며 오르가슴을 느끼고 싶어 하지만 언젠가부터 탁한 눈빛으로 불감증에 걸린 채 그저 먼지처럼 떠다니는 우리는 좀비. 좀비들에겐 부족한 게 없지. 상처 입어도 아픈 줄 모르고 금방 낫기조차 하니까. 좀비들이 말하는 걸 귀담아들어 줄 사람은 없으니 다들 자기 말만 하는데, 그러면서도 세상이 내 말을 몰라준다며 원한(르상티망)만 잔뜩 품고 말이야. 말이나 글 그 자체가 문제가 되는 경우는 사실 거의 없어. 정말로 중요한 건 누가 말하는가, 누가 썼는가이지.

결국, 세상의 모든 이야기는 자전적일 수밖에 없다고 생각해. 그런데도 누구에게나 아름답게 느껴지는 이야기라면 그건 우리에게 꼭 필요한 어떤 부족함, 다시 말해 상처를 건드리기 때문일 거야. 진주가 조개의 상처 덩어리인 것처럼 이 부조리한 세계도 가끔 누구나 말 못 한 채 품고 있었을 상처들로 보석 같은 이야기들을 낳곤 하지. 상처 없는 사람의 이야기는 뻔하고 지겨워. 나아가 상처도 없는데 있는 것처럼 연기하는 글이나 말은 역겹기까지 해. 한자에서 가장 중요한 글자는 아마도 '문(文)' 일 텐데 역시 인간의 몸에 상처 내는 것을 나타내는 글자로 인간 정신과 영혼의 통로를 의미한다지.

레너드 코헨 얘기를 하다 보니 멋진 가사 하나가 또 떠올랐어. 시인으로 먼저 데뷔해서 그런지 가사들도 대체로 문학적인데, 그는 노래 <송가 Anthem>에서 지나간 일에 연연하지 말고 앞으로 무엇이 될지에도 너무 고민하지 말라고 조언해. 그러면서 '균열이 있어야 그 틈으로 빛이 들어온다'고 노래하지. 그러게, 나는 이 단순한 사실을 왜 자꾸 까먹는지 몰라. 완벽 같은 건 세상에 없어. 과정만 있을 뿐이지. 바다가 쉬는 걸 봤어? 파도가 멈추는 걸 봤어? 어딘가에 멈춰 편히 쉰다는 것, 상상해보면 꽤 그럴싸하지만 생각해보면 그런 건 죽음밖에 없지.

"오, 난 비참해. 어떻게 하면 좋을까?
그러면 바다가 사랑스러운 목소리로 말한다.
미안해, 난 할 일이 있어서."

oh, I am miserable,
what shall—what should I do? And the sea says
in its lovely voice: Excuse me, I have work to do.

- 메리 올리버(Mary Oliver),
'나는 바닷가로 내려가', <천 개의 아침> 中

바닷가에서 오래 살며 자연과 생태, 고독과 삶의 기쁨을 노래한 미국 시인 메리 올리버(1935~2019)를 사랑하는 사람이 아주 많아. 가장 널리 알려진 시는 아마도 '기러기'일 거야. "착하지 않아도 돼. 참회하며 드넓은 사막을 무릎으로 건너지 않아도 돼."라는 첫 부분이 많이 인용되고, 김연수 소설가의 책 제목인 <네가 누구든, 얼마나 외롭든>도 이 시의 한 구절을 인용한 걸로 유명하지.

메리 올리버의 시를 읽다 보면 어렵지 않게 깨닫게 되는 게 있어. 삶의 진정한 주인은 그 누구도 아닌 바로 나라는 사실. 진정한 삶의 주인은 '자기 삶'을 사랑하고 '남의 삶'을 탐내지 않는다는 사실. 내 의지로 태어난 세상은 아니지만, 그럼에도 기필코 이 세상을 끌어안고 사랑해야 한다는 모순이야말로 인생의 비밀이라는 사실.

바깥에서 가치를 찾을수록 인간은 약해질 수밖에 없어. 바깥은 끊임없이 내가 나를 의심하게 만드니까. 바깥은 있는 그대로의 나를 사랑하고 존중하게 내버려 두지 않아. 그래서 동서고금을 막론하고 많은 사람이 이상적인 인간, 성숙한 인간이란 그처럼 바깥이 흔드는 힘을 뿌리치고 끝내 자기를 사랑하고 지키는 사람이라는 걸 강조해왔지. 하지만 어쩌면 이것이야말로 가장 어려운 일인지도 몰라. 있는 그대로의 자신을 사랑하기. 아, 이건 정말 어려운 일이야. 너무 어렵단 말이지.

그래도 오늘 거리에 화사하게 핀 꽃들을 보며 마음을 다잡게 돼. 이 작은 생명들도 지난 1년 내내 묵묵히 자기 힘을 길러 지금 이렇게 아름다운 것이겠지. 절망적이고 비참해서 어떻게 하면 좋을지 모르겠다고 말 건네도, 바다는 넘치지도 모자라지도 않는 사랑스러운 목소리로 이만 가봐야겠다고 말할 뿐이야. 그런 무심함이 때로는 더 마음을 건드리는 것 같아. 바다는 왜 파란색일까. 네 힘으로 이겨내야 해, 라고 말하는 데 익숙해져서 속으로만 멍이 들어서 그런 걸까.

"바닷속 용왕님 계신 곳에서도 나는야 옆으로 걷는다네"

海龍王處也橫行

— 단원 김홍도, <해탐노화도>

'해탐노화도'는 조선 시대에 과거시험을 앞둔 선비에게 장원급제를 기원하며 건넸던 그림이래. 조선의 화가를 대표하는 삼원(三園), 즉 단원, 혜원, 오원 중에서도 으뜸으로 꼽히는 단원 김홍도의 그림이 가장 유명한데 갈대꽃을 뜯어 먹는 두 마리 게 위로 '해룡왕처야횡행 海龍王處也橫行'이라는 화제(畵題)가 보여. 용왕님 앞에서도 나는야 삐딱하게 걷겠다는 선언. 멋지지 않아?

세계는 언제나 고통과 신음으로 범벅이지만 거기에도 반짝이는 별들은 늘 있었잖아. 패배주의, 그 어둠의 정조에 전염되지 않았으면 좋겠어. 사실, 무슨 일이든 가치 있는 일을 하려면 가장 먼저 필요한 것도 '용기'지. 기술이나 지식은 다음 문제야. 용기를 내겠다는 말은 이 단어가 자동으로 떠올리게 하는 어떤 단순하고 마초적인 이미지와는 달리, 더욱 진중해지겠다는 말이기도 해. 힘 있는 사람에게 비굴하고, 라인 타는 데 집중하고, 기꺼이 예스맨이 되고, 그러면서도 자기보다 약한 이들에게는 한없이 오만하게 구는 사람들이 많은 시대잖아. 그런 사람들보다는 차라리 용왕 앞에서도 '자기다움'을 잃지 않는 게가 더 나은 것 같아. 나도 이런 '게 같은 사람'이 되고 싶어. 말해놓고 보니 어감은 좀 이상하지만 정말 그래. 게 같은 사람이 될래. 게보다 못한 인간은 되지 말자고.

용기 있는 사람은 누구일까. 사랑하는 사람, 사랑할 줄 아는 사람 아닐까. 어둠의 기운에 전염되지 않고 기필코 이 세계를 사랑하기로 마음먹은 사람. 내가 좋아하는 황현산 선생님은 말라르메 시집을 우리말로 옮기면서 아들에게 보내는 편지 형식의 해설을 달았지. 거기에 이렇게 엄청난 박력을 담은 아름다운 문장이 나와.

"어떤 정황에서도 그 자리에 주저앉지 말라고 말할 수 있는 용기가 시의 행복이며 윤리이다."

“마, 함 해보입시더!”

— 최동원

야구선수 최동원은 어릴 때부터 나의 영웅 중 한 명이었어. 부산 사나이 최동원에 대해 알게 되면 그를 사랑하지 않을 수 없지. 그는 니체가 말하는 초인이야. 다른 사람과 비교해서 뛰어난 슈퍼맨을 말하는 게 아니라, 어제의 자기를 뛰어넘으려 노력하는 오늘의 인간 말이야. 끊임없이 되돌아가면서도 포기하지 않고 다시 밀려 들어오는 파도의 정신. 상대평가는 세상을 망치는 법이지.

그래서 영화 <1984 최동원>은 꼭 극장에서 보고 싶었거든. 텅 빈 극장에 일찍 가서 앉아 있자니 나보다 조금 어려 보이는 남자 한 명이 들어오더라고. 그러더니 주춤주춤 내 옆으로 오는 거야. 어색하게 자리 확인을 하더니 나에게도 자리가 맞는지 물어봐. 나는 H7, 그는 H6. 아무도 없는 극장에서 하필 딱 옆자리라니, 재밌는 우연이었지. 이 사람도 나처럼 혼자 극장에 갈 때는 H~J 열 5~8번을 선호하는 사람이구나 생각하니, 또 이 사람도 나처럼 최동원을 마음속의 영웅으로 여기겠지, 생각하니 묘한 동지애가 느껴지더라고.

1984년 한국시리즈에서 최동원은 놀라운 투지로 기어코 롯데의 기적 같은 우승을 이뤄냈어. 나는 당시 코치진이 더 던질 수 있겠느냐고 물었을 때 그가 아무렇지 않다는 듯 툭 던졌다는 대답을 가끔 떠올리곤 해. '마 함 해보입시더!' 그는 운동장 바깥에서도 아픈 현실을 외면하지 않고 선수들의 처우를 위해 선수협의회 구성을 주도했는데 사악한 구단들은 그런 최동원을 끝까지 괴롭혔지.

이제 나도, 최동원식으로 얘기하자면 '이기고 싶어서가 아니라 지고 싶지 않아서'라도 더 나아가보고 싶어졌어. 세상은 누가 바꿀까? '하고 싶어서'가 아니라 '할 수밖에 없어서' 움직인 사람들이 바꿨지.

“자네는 꼭 냄새로 분간허소.”

— 이날치, <여보나리> 中

김해에서 청소년 낭독 행사가 있는데 심사를 봐달라는 요청이 왔어. 바야흐로 다시 낭독의 시대가 왔나 봐. 언젠가부터 여기저기에서 낭독 행사 소식이 많이 들리거든. 사실 인류는 오랫동안 낭독의 시대를 살아왔지. 지금처럼 소리 내지 않고 읽는 이른바 ‘묵독(默讀)’이란 건 의외로 역사가 얼마 되지 않아. 눈으로만 읽는 게 아니라 배에 힘을 줘서 리듬을 타가며 소리를 내니 말 그대로 온몸으로 읽는 거지. 천자문을 소리 내 읽던 서당 아이들처럼 말이야.

판소리는 온몸으로 읽기의 정수를 보여줘. 그야말로 종합예술이지. 소리꾼 이자람의 공연을 한 번이라도 본 사람이라면 무슨 말인지 단박에 이해할 거야. 눈으로만 파악하는 세상은 왜소해. 모든 것이 뒤섞인 세계의 참모습을 조금이라도 파악하려다 보니 무리해서 양분(兩分)하거나 대별(大別)하고 추상하기를 즐기지만, 한편으론 실제 세상에서는 어떤 것도 그렇게 칼로 나누듯 깔끔하게 구분되는 게 없다는 걸 염두에 두어야만 해. 그렇지 않으면 주객이 전도되어 근거 없는 뇌피셜만 넘치게 될 테니까.

2021년 3월에 가족과 함께 경남도립미술관에 최정화 미술가의 전시 '살어리 살어리랏다'를 보러 다녀왔어. 마지막 날이어서 특별히 준비된 이날치의 공연을 볼 수 있어 더 좋았지. 이날치는 '수궁가'를 현대적으로 해석한 멋진 음악을 독특한 퍼포먼스와 함께 들려주었어. 집에 오는 차 안에서 아들이 한 말이 기억나. "아빠, 괜히 왔어. 공부할 때도 자꾸 귀에서 맴돌 것 같아. 중독성이 너무 강해."

나는 왜 그런지 알지. 온몸으로 들어서 그런 거야.

"그들은 바다의 아나키스트입니다."

— 루이스 세풀베다, <지구 끝의 사람들> 中

점심을 먹고 친구 석진이와 함께 광안리 바닷가를 좀 걸었어. 갈매기들이 유난히 많았는데 눈앞으로 막 날아다니는 갈매기들의 하얗고 통통한 배를 바라보다 문득 알바트로스 새들의 낙원(이었지만 지금은 망가지고 있는)이라는 태평양의 섬 미드웨이를 생각했지. 그곳을 다룬 크리스 조던의 다큐멘터리를 떠올리며, 지금 내 눈 앞에서 날고 있는 저 갈매기들의 뱃속에도 플라스틱과 쇠붙이 같은 쓰레기들이 가득할 것 같아 슬펐어. 우리는 자연을 너무 많이 망가뜨렸고 또 지금도 그러고 있지. 자연은 이런 우리를 절대로 용서하지 않을 거야. 그런 무서운 생각으로 몸서리치다 보니 어느덧 수영강까지 걷게 됐어.

“혹시 기수역(汽水域)이라는 말 알아?”

“부산에 그런 역이 있었나?”

“아니, 역 이름이 아니라 민물과 바닷물이 만나 서로 섞이는 곳을 그렇게 부른대. 바로 여기 같은 곳이지. 강에서부터 바다까지 염분의 농도도 다양해서 생태문화 환경이 아주 풍요롭다네.”

문득 자연을 파괴하는 인간의 탐욕을 고발해 온 작가 루이스 세풀베다(1949~2020)가 망명지 스페인에서 코로나19로 사망했다는 충격적인 소식이 떠올랐어. 그가 꿈꿨던 세계는 서로 다른 것들이 만나고 공감하고 소통하며 마침내 건강한 혼종성의 지혜로 함께 공존하는 기수역 같은 세계였을 테지. 그가 <지구 끝의 사람들>이란 소설에서 선장의 입을 빌려 말한 게 떠올라. “저는 때때로 돌고래가 인간보다 훨씬 더 민감하고 더 똑똑하다고 생각합니다. 계층 구조를 허용하지 않는 유일한 동물 종입니다. 그들은 바다의 아나키스트입니다.” 맞아. 인간은 만물의 영장이 아니야. 다른 생명의 뱃속에 플라스틱을 집어넣는 존재가 만물의 영장일 리 없어. 더 겸손해져야 해.

09-**유머**

"인생은 심지어 해파리에게조차 아름답고 장엄한 것이다."

Life is a beautiful magnificent thing, even to a jellyfish.

- 찰리 채플린(Charles Chaplin)

저녁 먹는데 귀여운 딸이 문득 말했어.

"아빠, 내 귀여움은 음계로 말하면 레쯤 돼."

"왜?"

"도를 지나쳐서."

"……"

"미치기 직전이기도 하고."

밥 먹다가 그만 거대한 웃음이 폭발했지.

딸이랑 도레미 관련 농담을 하며 낄낄대다 보니 문득 십년도 더 된 옛날 일이 하나 떠올랐어. 지하철을 타러 걸어가는데 누가 다가오더니 도에 관심 있냐고 물어보는 거야. 이미 잘 안다고 얘기하니 의아한 표정으로 도가 뭐냐고 되묻길래 답했지. 도는 하얀 도라지, 레는 둥근 레코드잖아요. 대답을 듣자마자 그는 아무 말 없이 홀연히 멀어졌는데 나도 예의는 있어서 미가 파란 미나리라는 사실까지 굳이 따라가며 얘기해주진 않았지. 그땐 나름 세상이 즐거웠고 어디 웃길 거리 하나 없나 예의 주시하며 하루라도 농담을 안 하면 시민으로서 의무를 다 못 한 것 같아 늦은 새벽까지 뒤척였더랬는데… 세상이 하도 사나워져서인지 새삼스레 그때가 참 그리워지는 요즘이야.

나에게 최고의 예술가 중 한 사람인 찰리 채플린은 비극적인 삶일수록 웃음이 얼마나 위대한 힘을 발휘할 수 있는지 잘 알려준 사람이야. 비난하고 분노하는 건 오히려 쉽지. 유머를 갖추고 유연해진다는 건 훨씬 급이 높은 일이라고. 찰리 채플린의 유머에 얼마나 수준 높은 품위가 배어있는지는 이런 말을 통해서도 알 수 있어. "내 고통이 누군가에게는 웃음의 이유가 될 수도 있습니다. 하지만 내 웃음이 누군가의 고통의 원인이 되어서는 안 됩니다. My pain may be the reason for somebody's laugh. But my laugh must never be the reason for somebody's pain."

과연!

"예컨대 다른 바닷가에서 태어나, 그 또한 빛과 육체의 찬란함 에 매혹당한 한 인간이 우리들에게 찾아와서 이 겉으로 보이는 세상의 모습은 아름답지만, 그것은 허물어지게 마련이니 그 아름다움을 절망적으로 사랑하지 않으면 안 된다는 사실을 그 모방 불가능한 언어로 말해 줄 필요가 있었다."

-<섬>(장 그르니에) 앞부분에 실린 알베르 카뮈의 서문

청소년기를 알제에서 보낸 카뮈가 고등학교 때 만난 스승 장 그르니에의 산문집 <섬>의 출간을 축하하며 쓴 서문은 더 말해봐야 입 아플 만큼 이미 많은 사람에게 사랑받는 명문이지. 그중 오랜 시간 내가 정말 좋아해서 마음에 담고 있는 구절이야.

다른 곳이어도 바닷가에서라면 우리는 같은 배에서 태어난 거나 다름없어. 빛과 육체의 찬란함에 매혹당할 능력이 없는 자들은 여전히 중세적 어둠과 관념의 세계를 헤매지만 지혜로운 사람은 르네상스의 인간처럼 환한 세계와 육체의 아름다움을 거부할 이유가 없지. 그런 지혜로운 이가 우리에게 직

접 찾아와서 이 세계의 아름다움에 대해 말해주고, 그 아름다움이 허물어지게 마련이라면 처음부터 사랑하지 말라고 해야 할 텐데 허물어지게 마련이니 오히려 더욱 절망적으로 사랑하지 않으면 안 된다고 말해준다는 게 감동적이었어. 게다가 모방 불가능한 언어로. 스무 살의 카뮈는 알제에서 이 책을 처음 읽고 충격을 받았다고 적고 있지.

카뮈의 <시지프 신화> 마지막 문장, "행복한 시지프를 마음속에 그려보지 않으면 안 된다"는 내가 꼽는 가장 혁명적인 문장 중 하나야. 수천 년 동안 허무주의에 중독된 이들은 언제 끝나리라는 기약도 없이 무한으로 반복되는 형벌을 받은 시지프를 가장 비극적인 인물로 여기곤 했지만, 카뮈는 달랐지. 최악의 조건 속에서도 인간은 나름의 존재 이유를 기어코 찾아내고야 만다는 것. 바로 거기에 인간의 아름다움이 있다는 거지. 혁명이 생각만큼 거창한 건 아닌 것 같아. 카뮈의 말처럼 이 겉으로 보이는 세계의 아름다움이 허물어지게 마련이라도 그걸 절망적으로 사랑하지 않으면 안 된다는 사실을 받아들이는 것. 그런 게 혁명 아닐까.

"봄비가 내려오는데 꽃잎이 흩날리는데

나의 눈에는 4월이 울고 있는 것처럼 보이네"

— 노영심, <4월이 울고 있네> 中

4월 16일은 세월호 참사가 일어난 날이야. 카뮈의 소설 <페스트>에서 바닷가 도시 오랑에 페스트가 퍼지기 시작한 날이기도 해. 노영심이 1992년에 발표한 <4월이 울고 있네>가 사랑노래라는 걸 알면서도, 나는 2014년 이후로는 이 노래를 들을 때마다 세월호를 생각하게 돼.

T.S 엘리엇이 산문시 <황무지>에서 노래한 것처럼, 정말로 4월은 잔인한 달이야. 원문에선 '가장 잔인한 달 April is the cruellest month.'이라고 했으니 다른 달도 잔인하긴 마찬가지라고 생각했나 봐. 나는 2014년 4월 16일 밤 10시 48분에 페이스북에 이렇게 썼어.

“착잡하고 슬프고 아프구나... 어른들이 아이들을 잡아먹으며 겨우 버티는 나라 같다는 느낌.”

언제까지 세월호 이야기를 할 거냐고 목소리 높이는 이들도 있지. 슬픔에도 유통기한이 있다고 생각하는 멍청한 사람들이야. 제대로 된 애도가 없다면 슬픔은 오히려 시간이 갈수록 더 커질 수도 있다는 걸 나이 먹고도 모르니 스스로 추하다는 것도 모르지. 황현산 선생님의 트윗에서 이런 글을 본 적이 있어. “잔인함은 약한 자들에게서 나올 때가 많다. 세상에는 울면서 강하게 사는 자가 많다.”

지난 6월 21일, 남해 바닷가에서 우주를 향해 날아가는 누리호를 보면서 가슴이 벅찼어. 앞서 말한 카뮈의 소설 <페스트>에서도 보여주듯 실제로 세상을 떠받치는 사람들은 TV에 나와 궤변이나 늘어놓으며 조롱받는 사람들이 아니라, 묵묵히 자기에게 주어진 소명을 장인처럼 수행하는 사람들이라는 걸 다시 한번 깨닫게 됐지. 울고 있는 것처럼 보이는 4월은, 매년 나에게 어떻게 살아가야 할지 알려주고 있어.

12-사랑

"만약 우리가 사랑할 수 없다면,
아마도 우리가 사랑받기를 원하기 때문일 것이다."

— 밀란 쿤데라, <참을 수 없는 존재의 가벼움> 中

나이를 한 살씩 더 먹을수록, 사랑보다 중요한 건 없다고 확신하게 돼. 어른이란, 살아가는 일의 거의 전부가 뒤죽박죽이라는 걸 알게 된 사람이랄까. 그리고 바로 그런 이유로, 있는 그대로의 나를 안아주는 사람이 얼마나 소중한지를 실감하는 사람이랄까.

늘 가벼운 것만 추구하고, 늘 새로운 것을 찾고, 한 번의 사건으로 삶이 바뀌기를 갈구하는 이들에게 바다는 수억 년 동안 끊임없이 밀려왔다 밀려가는 반복적인 움직임을 통해 말해주지. 삶은 지겹도록 무언가가 반복되는 일임을, 무거운 것임을, 한 번만 일어나는 일은 존재하지 않는 일임을.

아무 조건 없이, 아무것도 요구하지 않고 사랑할 줄 아는 사람은 아이가 되고 동물이 될 수 있는 사람이야. 사랑을 계산할 수 있다고 생각하는 사람도 있는데 그런 걸 키치라고 하지. 자신이 진정으로 원하는 게 무엇인지 모르는 사람. 그래서 남들과 다르다는 걸 도저히 참을 수 없는 사람. 영화 <봄날은 간다>에는 "어떻게 사랑이 변하니?"라는 유명한 대사가 나오지만, 사실 사랑은 반드시 변하고 또 변해야만 해. '함께' 영향을 주고받으며 끊임없이 변해가면, 그런 걸 바로 사랑이라고 부르는 거야. 그것으로 충분하지. 찰리 채플린의 말처럼 정말로, "힘이 필요한 건 해로운 일을 하고 싶을 때뿐이다. 그게 아니라면 사랑이면 모든 것을 끝내기에 충분하다."

2부. 여름의 바다와 12개의 문장

“나를 이스마엘이라 불러 다오.”

Call me Ishmael.

— 허먼 멜빌, <모비딕> 첫 문장

스타벅스 커피를 마시면서 소설 <모비 딕>을 생각하는 여름 오후. 자기를 이스마엘이라 불러달라던 이 소설의 첫 문장은 아주 유명하지. 주인공은 왜 자신의 이름을 놔두고 굳이 이스마엘이라 불러 달라고 했을까. 아브라함과 이집트인 하녀인 하갈 사이에서 태어나 쫓겨난 아들의 이름. 그래서 망명자나 추방자를 상징하는 이름인 이스마엘. 왜 하필 그 이름으로 자신을 불러 달라고 했을까.

변방과 경계에 있는 인간들만이 진정한 자유와 사랑을 알 수 있다고 생각해서 그런 건 아니었을까. 뱃사람들의 무대인 바다와 항구는 세계의 바깥 혹은 변방이잖아. 하지만 거기에는 생(生)의 진짜 모습, 분명한 아름다움이 있지. <모비 딕>뿐 아니라 멜빌의 작품이 모두 바다를 배경으로 하는 것도 같은 이유 아닐까 싶어. 게다가 자유분방한 성격이었던 그는 노예 폐지론자이기도 했는데 그래서 그의 소설 속 선장 에이헤브가 죽음을 각오하고 무너뜨리려 했던 그 희고 거대한 고래가 다름 아닌 백인 우월주의 문명을 상징한다는 얘기도 있고 말이야.

그러고 보면 이 소설에 등장하는 잘생기고 착실한, 흠잡을 데 없는 항해사 스타 벅은 백인 문명이 만들어낸 가장 전형적인 인물인지도 모르겠어. 그 항해사 이름을 따서 만든 스타벅스 커피도 그렇고 말이야. 그에 비해 선장 에이헤브는 야만인이나 다름없지. 사나운 외모에 성격도 괴팍하고. 그렇지만 그는 자기 세계를 포기하지 않았어. 목숨을 걸고 거칠게 반항했지. 한쪽 다리가 없어도, 비록 모든 게 비극으로 끝나긴 했어도 후회 없이 거대한 흰고래와의 한 판을 준비했잖아. 공교롭게 에이헤브는 이스라엘 왕의 이름이기도 해. 진정한 왕은 어떤 사람일까. 정오의 작열하는 태양 아래 있다 보면 자꾸만 에이헤브처럼 반항하는 인간들을 생각하게 돼. 사랑스러운 인물들 말이야.

"나는 아무것도 바라지 않는다.
나는 아무것도 두려워하지 않는다.
나는 자유다."

— <그리스인 조르바> 저자 니코스 카잔차키스 묘비명 문구

네가 진짜로 원하는 게 뭐야? 노래 제목을 말하는 게 아니야. 진지하게 물어보는 거라고. 진짜로 원하는 게 정말 자유야? 웃기려고 그러는 건 아니지? 우와. 어떻게 표정 하나 안 변하고 그런 단어를 읊을 수 있냐?

난 사람들이 자유를 원한다고 생각하지 않아. 너도 사실은 마찬가지일 거야. 정말로 원한다면 한 번 갖다줘 볼까? 아마 다들, 앗 뜨거워, 하면서 쏜살같이 도망칠걸? 말로는 뭔들 못 하겠니. 하지만 실제로 자유는 너무도 무서운 거라서 원하는 사람이 거의 없어. 자유는 혼자 다니지 않기 때문이지. 저녁에 자유가 찾아온다고 하면 아마도 넌 콩닥콩닥 설레는 마음으로 기다리겠지. 하지만 막상 노크 소리가 들려서 문을 열

어보면 자유는 언제나 책임이라는 무시무시한 친구들 아홉 명과 함께 거기 서 있을 거야. 자유는 결코 혼자 다니는 법이 없거든. 넌 깜짝 놀라고 두려워서 얼른 문을 다시 닫아버릴 테고. 쾅!

이제는 고전이 된 <그리스인 조르바>를 쓴 그리스 작가 니코스 카잔차키스의 묘비명은 짧지만, 그 엄청난 캐간지로 우리를 전율하게 만들지. 그는 자유의 정체를 알고 있었어. 아무것도 바라지 않고, 아무것도 두려워하지 않아야 비로소 가능하다는 걸 알고 있었던 거지. 마침내 자기 자신이 자유 그 자체라고 선언할 수 있게 되지.

**"깊은 겨울 속에서 마침내 나는
내 안에 무적의 여름이 있다는 것을 깨달았습니다."**

In the depth of winter,
I finally learned that within me
there lay an invincible summer.

- 알베르 카뮈(Albert Camus)

여름은 반항하기 좋은 계절이야. 나에게 '반항'하면 떠오르는 사상가는 역시 알베르 카뮈지. 사람마다 이른바 '존재 이유 Raison d'être'라는 게 있을 텐데, 카뮈는 '나는 반항한다, 고로 존재한다'는 말로 상징될 만큼 그야말로 부조리와 반항의 사상가였거든. 너의 존재 이유는 뭐야?

소크라테스 같으면 '나는 대화한다, 고로 존재한다'라고 말했을지도 모르겠어. 중세까지 사람들은 신이 만들었으니까 그저 존재한다고 생각했는데 데카르트 같은 사람은 신을 거부하고 대신 '나는 생각한다, 고로 존재한다'라며 그야말로 폭탄선언을 해버리기도 했지. 뿐만 아니야. 예를 들어 '나는 노동한다, 고로 존재한다'(카를 마르크스), '나는 극복한다, 고로 존재한다'(니체), '나는 섹스한다, 고로 존재한다'(프로이트), '나는 인정한다, 고로 존재한다'(헤겔), '나는 놀이한다, 고로 존재한다'(호이징하) 등등.

나는 반항하니까 존재한다던 카뮈를 어릴 때부터 좋아했어. 그가 말하는 반항은 여과되지 않은 감정의 표현이 아니야. 그건 그냥 모자란 거지. 반항의 정반대가 원한(르상티망)이라는 걸 잊으면 안 돼. 이걸 혼돈하면 선한 의도를 가지고도 세상과 자신을 갉아 먹을 수밖에 없는데 누가 말릴 수도 없지. 워낙 뜨거운 감정이라 식을 때까지 기다리는 수밖에. 반항하는 인간은 자기 이야기를 쌓기 위해 온몸에 상처 입어가며 이 부조리한 세계를 돌파하는 인간이야. 실천하는 인간이지. 하지만 원한에 쌓인 인간은, 자신은 한 발짝도 움직이지 않으면서 세상 모든 서러움을 다 가진 것처럼 살아가. 겉으로는 둘이 비슷하지만, 실제로는 상극이지. 반항하는 인간은, 가장 춥고 가장 깊은 겨울에도 자기 안에 천하무적의 여름이 있다는 걸 알고 있는 사람이야.

"네가 옆에 있으니까 참 좋다."

— 남궁순자 여사

어릴 때는 어른들 이야기라면, 그저 지긋지긋한 잔소리라고만 여겼더랬지. 그런데 나이 먹으면 별수 없는 건지 그 대단하지도 않았던 말들이 길을 걷다가, 차 안에서 신호를 기다리다가, 쓰레기 분리수거를 하다가, 이런저런 일상의 순간순간에 불쑥불쑥 떠올라서 묵직하게 탁탁 걸린단 말이지.

밥 먹을 때 엄마는 '꼭꼭 씹어 먹으라'고 자주 말씀하셨어. 충분히 씹고 있는데 도대체 얼마나 더 씹으란 거냐고 대들곤 했지만, 지금에 와서 생각해보면 그건 단순히 음식과 건강에 대한 조언만은 아니었던 것 같아. 오히려 삶을 대하는 자식의 태도 전반을 염려하셨던 말씀 아니었을까. 꼭꼭 씹어 먹으라는 조언을 이제 나는 살아가는 일 전반에 걸쳐 내내 새겨야 할 삶의 지혜라고 여기고 있어. 말하자면, '카르페디엠'이지.

하루하루 매 순간순간을 꼭꼭 씹어 먹고 있는가. 그저 한 끼 때우듯 대충대충 설렁설렁 보내고 있지는 않은가. 곁에 있는 사랑하는 사람들을 꼭꼭 안아주고 있는가. 물론 잘 되진 않아. 그래도 계속 노력할 생각이야.

이십 대 후반이었어. 밴드 활동을 그만두고 낙담해서 5년 만에 부산으로 돌아온 지 얼마 지나지 않은 토요일이었을 거야. 전날 만취해서 들어왔다가 늦잠을 자고 일어나니 눈부시게 햇빛이 쏟아져 들어오던 창문 옆에서 엄마가 국수를 삶고 계셨지. 옆에서 무 써는 걸 좀 도와드렸던가. 그때 엄마가 혼잣말처럼 하신 말씀에 그만 왈칵 눈물을 쏟았던 기억이 나. 그 말은 지금도 나를 살게 해주고 있어. 곱씹어볼 때마다 기분이 좋아서 웃음이 나지. 힘도 나고 눈물도 나.

“다른 사람들은 자식들 서울 가서 성공하는 걸 바란다지만 사실 나는 아니다. 네가 옆에 있으니까 참 좋다. 현정아.”

05-**호랑이**

"너를 죽게 하는 것은 물이 아니라 두려움이란다."

What kills you is not water, but fear.

- 영화 <라이프 오브 파이> 중

"새벽에 유난히 잠이 안 와서 뒤척이다가 바람이나 쐬려고 밖으로 나갔는데 저 멀리 호랑이 한 마리가 앉아 있는 거야. 무섭다는 생각이 안 들어서 다가갔더니 눈이 순했지. 그래서 쓰다듬다가 꿈에서 깼다." 엄마는 태몽을 들려주며 혹시라도 절에 갈 일이 생기면 잊지 말고 꼭 대웅전 뒤 산신각에 들러 호랑이를 타고 앉은 산신령님께 절해야 한다고 어릴 때부터 신신당부하셨지. 중학교 이후로 절에 갈 때마다 산신각에 들르지 않은 적은 한 번도 없어. 어릴 때부터 제일 좋아하는 동물도 호랑이였고.

올해가 호랑이해라니까 갑자기 호랑이 생각에 잠 못 이루고 있어. 호랑이가 바다랑 무슨 관계냐고? 모르는 소리 좀 하지 마. 세상에 서로 관계없는 건 없어. <조제, 호랑이 그리고

물고기들>만 봐도 그래. 사랑하는 사람이 생기면 호랑이와 물고기, 그리고 바다를 보고 싶었던 게 조제의 꿈이었잖아.

내가 사는 광안리 근처에는 호암골이란 마을이 있었어. 동네 후배이자 최고의 문화기획자인 진명, 윤정 부부의 영리하고 멋진 딸 지호가 다니는 학교 이름도 호암초등학교지. 이 동네에 호랑이가 많이 살았는데 물을 좋아해서 자주 광안리 바닷가까지 놀러 다녔대. 나는 이렇게 언뜻 안 어울릴 것 같은 것들이 서로 이어지는 이야기가 왜 그렇게 신비롭고 좋은지 모르겠어.

소설 <파이 이야기>가 원작인 영화 <라이프 오브 파이>는 인생의 비밀을 알려줘. 우리는 늘 어디론가 떠날 준비를 하고 있잖아. 그런데 그게 망망대해라면? 거기에 길들여야 할 호랑이까지 있다면? 무시무시한 일이지. 인생에 대한 기막힌 비유야. 망망대해는 살아가야 할 세상. 그런데 금수저까진 바라지도 않지만, 호랑이까지 태우고 가야 한다면? 차라리 죽는 게 나은 걸까? 리차드 파커를 기억해. 네가 가장 믿고 의지할 친구가 될 테니까.

06-**말**

“말 달리자 말 달리자
말 달리자 말 달리자”

— 크라잉넛, <말달리자> 중

동물 이야기가 나온 김에 하나만 더 할게. 바다와 어울리는 동물은 또 누가 있을까? 엄청 많겠지만 말을 빼놓을 순 없어. 광안리에서 호랑이들이 놀았던 건 아주 옛날이지만, 일본인들이 말을 훈련한 건 비교적 최근 일이거든. 광안리뿐이겠어? 영도도 빼놓을 수 없지. 영도(影島)라는 이름 자체가 제 그림자를 끊고 달릴 만큼 빠른 말이라는 뜻의 절영마(絶影馬)에서 유래했으니까. 문학적이지 않아? 제 그림자를 끊고 달린다니.

지금은 그 바닷가에서 사람들이 뛰고 있지. 언젠가는 세상에서 사라질 몸뚱이들이라도 한순간이나마 가장 빛나기 위해 다들 열심히 몸을 가꾸고 있어. 허무한 이야기 같아? 광안리의 불꽃놀이처럼? 물론 피트니스와 다이어트와 섹시와 에로티시즘과 기타 등등이 모두 최고의 상품이 된 시대니까 그런 삐딱한 시선도 충분히 이해돼. 하지만 상품이란 걸 만만히 보면 안 돼. 상품은 괜히 상품이 아니야. 사람들의 욕망과 아예 동떨어진 것들은 아무리 최선을 다해봐야 상품 근처에도 가지 못하잖아. 진실은 극단적이지 않아. 언제나 과잉과 과소의 사이 어디쯤에서 떨고 있지. 그러니까 극단적으로 말하는 사람을 경계해야 해.

요즘도 자주 영도에 갈 일이 있는데 가끔 이곳에서 거친 숨을 몰아쉬며 박력 있게 달렸을 절영마들을 상상해보곤 해. 우리는 지금 어디로 달려가고 있는 걸까. 바닷가 짠바람 속에서 자기 그림자를 끊을 정도로 질주하던 말이 우리 안에도 있었을 텐데 그 말들을, 그 야성을 푹푹 찌는 마구간에다가 가둬두고 말이야. 크라잉넛의 유명한 노래 <말 달리자>의 가사처럼 우리는 달려야 하지 않나? 거짓에 싸워야 하지 않나? 바보놈이 될 순 없진 않나? 아, 얘기하다 보니 그만 일어나야겠어. 이런 얘기할 시간에 말 달려야지.

"그는 돌아오지 않을 거야."

He is not coming back

— 영화 <폭풍 속으로> 중

4차 산업혁명이 어쩌고 디지털혁명이 어쩌고 하는데 왜 자꾸 새로운 것들에는 바다 관련 용어를 쓰는지 모르겠어. 그러면 더 있어 보이나? 육지에서 운전하면서도 '항해 navigation'가 필수래. 그것뿐이야? '제3의 물결', '정보의 바다' 같은 말은 어때? 압권은 인터넷 '서핑 surfing'이지.

광안리에서는 진짜 서핑을 해볼 수 있어. 사실 내 버킷리스트 중 하나야. 수영을 못하는 나는 물을 엄청 무서워하는데, 그래도 'SUP'라는 수영구에서 마련한 멋진 프로그램에 참여해서 보드를 타고 광안대교 아래까지 나아가 캔맥주도 한 캔, 김밥도 한 줄 먹고 누워 나른한 시간을 보내다 오고 싶거든. 참, SUP는 수영을 못해도 할 수 있어. 물에 뜨는 수트를 입고 하거든. SUP는 'Stand UP Paddle'의 약자니까, '왓츠업?'이랑 헷갈리면 안 돼.

서핑은 생각해볼수록 매력적이야. 중학교 때 본 영화 <폭풍 속으로>(1991)도 생각나게 하고. 원제인 '포인트 브레이크point break'가 서핑할 때 쓰는 용어이기도 해. 육지로 다가오면서 비스듬해지는 파도를 뜻하지. 그 위에서 인간들은 아슬아슬하게 보드라는 도구 하나에 의지해 바다와 하나가 되려는 불가능한 꿈에 도전해. 지금은 고인이 된 패트릭 스웨이지가 연기한 아나키스트 보디는 자신을 수사하다 친구가 된 극 중 조니에게 말하지. 사랑하는 것을 위해 죽는 건 비극이 아니라고. 그래서 키아누 리브스가 연기한 조니는 다시 돌아오지 못할 것을 알면서도 폭풍 속으로 사라지는 보디를 놓아줘. 다시 봐도 세월이 무색할 만큼 멋진 영화야.

인생이란 게 어차피 각자가 믿는 구석이라 해도 좋을 얇은 판자 하나에 의지해서 작은 파도든, 어마어마한 폭풍이든 타고 넘어가야만 하는 서핑과 다를 게 없지. 큰 바다로 나가는 건 겁나니까 일단 올여름에 광안리에 와서 리허설부터 해보는 건 어떨까!

**"다들 섹스가 외설적이라고 말하지만,
진정한 외설은 전쟁뿐이다."**

Everybody says sex is obscene.
The only true obscenity is war.

— 헨리 밀러(Henry Miller), <북회귀선> 중

유명한 영화 대사 하나가 떠올라. '뭣이 중헌디!'

사실 요즘 사람 중에 안 바쁜 사람이 있나? 다들 정신없이 살긴 하는데, 그러면서도 중요한 건 다 놓치고 살잖아. 너에게도 가슴에 손을 얹고 물어볼게. 정말로 뭐가 중요한데? 다들 침 튀기고, 나아가 피까지 튀기며 게거품을 무는데 그래도 사람들은 착하니까 견뎌보려고 노력하지. 하지만 헨리 밀러 같은 작가는 대담하고도 보기 좋게 고래 뱃속으로 도피했어.

사람들이 위험하다며 가지 말라는 길이 사실은 오히려 가장 안전한 길인 경우가 많아. 대단히 위험한 일을 할 수 있는 능력을 아무나 가질 수는 없는 거잖아. 핵을 아무나 쏠 수 있나? 도시 하나를 아무나 밀어버릴 수 있냐고? 사람들이 대체

로 외설적이라고 말하는 것도 사실은 가장 자연스러운 경우가 많지. 오히려 주목할 건, 사람들이 꼭 필요하다고 말하는 것들이 대체로 나와 우리를 위험하게 만든다는 것. 헨리 밀러는 그런 외부 세계에 완전히 무관심하겠다는 전략으로 자기 세계를 지킬 수 있었어.

중요한 건 자기를 보존하는 거야. 목에 핏대 세우는 사람들이 가득하다면 어쩔 수 있나. 안 만나야지. 꼭 그들을 설득해야만 하는 것도 아니야. 사람이 쉽게 바뀌나. 세상 전체가 엿 같으면 자기 세계를 만들어서 그 속으로 들어가면 돼. '꼭 그래야만 한다'는 건 유식하게 말하면 이데올로기고, 쉽게 말하면 헛소리야. 인생에 목적이란 건 없으니까 그런 걸 강조하는 사람들만 멀리해도 훨씬 행복해져.

세상에 지지 않기 위해, 꼭 세상을 이겨야 하는 것은 아니니까. 세상 바깥으로 나가 자기만의 리듬과 멜로디로 살아보는 것도 한 방법이니까.

"바닷가에서 사는 사람은,
바다 없는 삶을 조금도 상상할 수 없다."

Those who live by the sea can hardly
form a single thought
of which the sea would not be part.

- 헤르만 브로흐(Hermann Broch)

음악 한다며 홍대 앞에서 까불대던 그 시절엔 왜 그렇게 참을성이 부족했는지 몰라. 나는 틈만 나면 무궁화호를 타고 부산으로 도망치곤 했지. 부산역 광장에 도착하면 늘 바닷가 짠 내를 맡을 수 있었고 그러면 나는 독기 같은 게 빠져나가듯 이상하게 몸이 나른해지면서 마음부터 포근해지곤 했어. 이제는 세월이 많이 지났는데 아직도 그 냄새는 선명하게 기억나. 그 기분 좋은 비린내, 내가 사랑하는 고소한 냄새 말이야.

20세기 가장 지적인 소설가 중 한 명이랄 수 있는 오스트리아 작가 헤르만 브로흐에게 바다는 무엇이었을까. 우리가 마지막까지 포기하지 말고 기대야 할 어떤 가치 같은 것이었을까. 19세기 말과 20세기 말이 달랐는지, 세상은 세기말에만

유독 혼란스러운 건지, 대중의 광기를 특수한 현상이라고 봐야 하는 건지 도무지 헷갈리는 요즘이야. 그가 두렵게 바라보던 현상들은 오히려 지금 더 한 건 아닌지. 함께 믿고 기댈 수 있는 가치가 사라지면 인간들은 감정적이고 비이성적으로 행동하고 미신을 쉽게 믿고 늘 불안해하지. 지식인들은 무기력하거나 오히려 그런 대중의 광기에 동조하고. 이 시대의 우리는 헤르만 브로흐의 데뷔작 제목처럼 여전히 '몽유병자들'인지도 몰라. 1931년에 발표된 소설 제목을, 거의 100년 후인 지금도 주목하게 되는 까닭이야.

태풍이 왔는지 나무들은 발악하고 바람은 거칠고 바다는 무섭다고 웅 웅 울어. 이런 계절이 지나가긴 할까. 그래도 바다를 무서워할 순 없어. 바닷가에서 사는 사람들에게 바다 없는 삶이란 상상할 수도 없는 거니까.

"뱃사람들은 아무 때나 그저 장난으로,
커다란 바닷새 알바트로스를 붙잡는다네."

- 보들레르, '알바트로스', <악의 꽃>, 황현산 역, 민음사, 2016

괴물이 득실득실한 세상이야. 처음부터 이렇게 많진 않았어. 니체는, '괴물과 싸우려거든 그 싸움 속에서 스스로 괴물이 되지 않도록 조심해야 한다'고 했는데 안타깝게도 많은 사람이 괴물과 싸우려고, 인류를 구하겠다고 초개처럼 고통의 바다로 뛰어들었다가 그만 자기 자신도 괴물이 되고 말았지. 슬픈 일이야.

커다란 날개를 활짝 펴고 높은 곳을 날아가는 알바트로스를 바라보며 뱃사람들은 경탄하지만, 가끔 바닥에 내려와 바로 그 큰 날개 때문에 뒤뚱대며 걸을 수밖에 없는 알바트로스를 보면 담뱃불로 괴롭히고 야유하고 비웃어. 그래도 알바트로스는 이 비열하고 천박한 사람들을 닮을 일 없지. 머리부터 발끝까지 다 바꾸겠다면서 한 번만 도와달라고 자주 빌지만, 선거가 끝나면 뱃사람들이 바닥을 기는 알바트로스 대하듯 시민들을 대하는 정치인들을 우리가 닮을 수 없는 것처럼.

여름에, 아이들의 근육은 커지고 피부는 단단해져. 뜨겁고 아름다운 시간이 힘차게 흐르지. 시간의 힘에 굴복하지 않겠다고, 흘러내리지 않겠다고 다짐하며 아이들의 척추와 발꿈치와 그 밖의 모든 것은 정오의 태양을 향해 줄기차게 도약해. 눈을 감으면 눈꺼풀을 투과해 들어와 아지랑이처럼 흔들리는 세상의 빛. 이대로 시간이 멈춰버려도 좋겠다 싶은, 더 바랄 것 없이 충만한 시간. 다가오는 가을을 분명하게 예감하면서도 애써 모르는 체하고 싶은 시간. 우리는 알잖아? 괴물이 되어버린 자들은 이 해변에서 마음껏 발가벗고 뛰어놀지 못하리란 것을. "사람은 못 돼도 괴물은 되지 말자."던 홍상수 감독 영화의 그 유명한 대사처럼 정말로 좋은 사람까지 될 필요는 없어. 우리, 괴물만은 되지 말자고. 괴물인지 아닌지 어떻게 알 수 있냐고? 끊임없이 자기증식만 반복하는 것들, 그것들이 괴물이야.

"난 어부가 되지 말았어야 했어. 그는 생각했다.
하지만 그게 내가 세상에 태어난 이유잖아."

Perhaps I should not have been a fisherman, he thought.
But that was the thing that I was born for.

- 어니스트 헤밍웨이, <노인과 바다>

영화의전당 하늘연극장에 가서 소리꾼 이자람의 <노인과 바다> 공연을 봤어. 가슴 벅찬 시간이었지. 헤밍웨이의 단편 <노인과 바다>는 바다를 생각하면 자동으로 떠오르는 아마도 가장 유명한 작품이겠지? 과연, 유명할 만하고 말이야. 제목과 달리 여기 나오는 노인은 실존적 의미에서는 가장 젊은 사람이야. 이보다 젊은 사람은 흔치 않지. 매일매일 어제의 자신을 넘어서기 위해 노력하는 사람. 영화 <킹스맨>에 인용된 것처럼, 헤밍웨이가 이런 말도 했잖아. "타인보다 우수하다고 해서 고귀한 것이 아니다. 과거의 나보다 우수한 자가 진정으로 고귀한 사람이다"

기꺼이 패배하려는 자들, 그들이야말로 젊은이지. 고전 작품의 공통점도 하나 같이 승리나 행복에 대해서는 무관심하다는 거잖아. 시대와 언어를 막론하고 약속이나 한 것처럼 패배, 고통, 상처, 결핍, 상실을 다루고 있어. 만약 로미오와 줄리엣이 우여곡절 끝에 결혼해서 해피엔딩으로 끝났더라면? <노인과 바다>에서 산티아고 노인이 거대한 물고기를 무사히 가져와 마침내 마을 사람들의 인정을 받아냈더라면? 상상만 해도 멍청한 소설이 됐을 것 같아.

그러고 보니 헤밍웨이는 이름 자체가 바다로 시작하네? 바다 해(海)! '해'가 아니라 '헤'라고 따지지 말아줘. 글자도 기어코 용기를 낼 때가 있대. 'ㅐ'라는 모음을 가만히 바라보라고. 두 개의 긴 선 사이에서 얼마나 답답하고 지쳤겠어? 자기도 모르게 용기를 내서 튀어나온 거지. 산티아고 노인처럼 바로 그렇게 말이야. 해해해... 아니, 헤헤헤.

12-**태양**

"보라, 동해에 떠오르는 태양
우리가 간직함이 옳지 않겠나."

- 김민기, <내 나라 내 겨레> 중

여름이 간다고 생각하니 갑자기 허무해져서 한잔 마시고 촉촉해졌어. '동해'라는 이름의 소주를 마시다 보니 오래된 가사 하나가 계속 머릿속을 맴돌더라고. 지치고 힘들다가도 문득 불끈 힘을 주는 노래지. 정말로 그 가사처럼 눈을 크게 뜨고 잘 봤으면 좋겠어. 동해에 떠오르는 저 태양 말이야. 저 아름다운 걸 누구에게 주겠어? 우리가 간직해야지. 아무렴, 그게 옳지. 우리나라에도 김민기 같은 가객이 있다는 게 정말 자랑스러워.

말 나온 김에 2021년 아침이슬 50주년을 맞이해 JTBC 뉴스룸에 출연한 김민기 선생님의 영상을 한 번 찾아보길 권해. 한 편의 단편영화라고 해도 좋을 정도지. 천하의 손석희 앵커가 한 번도 아니고 서너 번씩 더듬으며 소개하는 장면도 인상적이고 말이야. 그 영상을 보고 있으면 하나의 세계를 이룩한 사람은 움직임 하나, 표정 하나가 모두 시(詩)가 되고 음악이 될 수도 있다는 걸 새삼스레 깨닫게 돼. 나는 그 영상을 보면서, 어쩌면 봉우리는 없는지도 모른다며 그 특유의 낮은 목소리로 노래하던 <봉우리>라는 곡을 떠올렸어. "허나 내가 오른 곳은/ 그저 고갯마루였을 뿐/ 길은 다시 다른 봉우리로/ 저기 부러진 나무등걸에/ 걸터앉아서 나는 봤지/ 낮은 데로만 흘러 고인 바다/ 작은 배들이 연기 뿜으며 가고..."

씩씩해져야겠어. 가끔은 에이 씨발, 하며 펑펑 울기도 하면서 말이야. 태양은 아무도 없는 저 골목 구석구석, 아무도 없는 저 망망대해의 해면 곳곳까지 하나도 빠짐없이 기어코 빛을 보내지만 그게 낭비는 아니라던 조르주 바타유의 말을 떠올리면서 말이야. 알아주지 않아도 뚜벅뚜벅, 매일 아침 다시 뜨는 태양처럼 그렇게.

3부. 가을의 바다와 12개의 문장

**“무언가를 치유하는 것들은 모두 소금물이다.
땀, 눈물, 바다처럼”**

The cure for anything is salt water
-sweat, tears, or the salt sea.

- 카렌 블릭센(Karen Blixen)

‘치유’가 유행인 시대야. 그만큼 상처들이 많다는 얘기겠지. 하지만 쉬운 일이 아니야. 가치 있는 일에는 반드시 ‘시간’이 필요하니까. 빨리빨리, 금방금방 치유할 수 있다면 백퍼 사기라고 봐도 좋아. 쓴맛 없이 단맛 없고, 고통 없이 성장 없다는 건 너무도 당연한 사실인데 우리는 자주 잊고 지내지.

생전에 채현국 선생님은 나에게 좋은 말씀을 참 많이 들려주셨어. 처음 양산 효암고등학교에 갔을 때도 교문 앞 바위에 새긴 문구를 보여주시며 신이 난 표정으로 설명해주셨지. 나중에 같은 제목의 책으로도 나온 ‘쓴맛이 사는 맛’라는 문구. 세계적인 아티스트 BTS도 성장의 고통을 표현하며 왜 ‘피, 땀, 눈물’을 노래했겠어. 도약하고 건너 뛰어가면서 얻을 수 있는 건 실제로는 하나도 없다는 걸 경험으로 알고 있으니 그랬겠지.

우리를 치유해주는 건 충분한 시간이 녹아있는 진액들이야. 두 번이나 노벨문학상 후보에 오르며 당대 작가들의 존경을 받았던 <아웃 오브 아프리카>의 소설가 카렌 블릭센은 무언가를 치유할 수 있는 건 땀, 눈물, 바다처럼 모두 소금물이라는 비밀을 어떻게 알았을까. 바람기 많은 사촌 오빠와 결혼해 아프리카로 건너갔다가 이혼하고, 새로 만난 연인조차 비행기 사고로 죽게 되면서 카렌은 고국 덴마크로 돌아와 소금물 같은 소설을 쓰기 시작했지. 카렌은 아프리카에서 17년이란 시간을 보내는 동안 알게 됐겠지. 아무리 열심히 해도 사람의 힘으로는 해결할 수 없는 고통이 분명히 존재하고, 그 고통은 단박에 치유할 수도 없음을. 고통을 대하는 아프리카 사람들의 모습을 보며 절제와 인내를 배웠고 담담하게 세계를 받아들이면서 자기를 보존하는 법을 깨달았을 테지.

"낚시질하다 문득 온몸이 끓어오르는 대낮,
더이상 이렇게 살 수만은 없다고
중년의 흙바닥에 엎드려 물고기같이 울었다."

- 마종기, '낚시질', <안보이는 사랑의 나라>(1980) 중

확실히 이제 여름은 지났나 봐. 밤바람이 서늘할 정도야. 늦잠에서 깨고 보니 감기다 싶은 일요일 아침. 오래 두고 가끔 펼쳐보는 시집에서 예전에는 눈길을 주지 않았던 시 하나를 발견하곤, 특히 거기서 '중년의 흙바닥'이란 시어에 눈이 멈춰 가슴이 쿵 내려앉았지. 내려앉았는데도 마음속에 흩날리는 게 온통 모래뿐이니 참 삭막하게 살고 있는 거지.

마종기 시인이 1939년생인데 이 시집이 1980년에 나왔으니 딱 마흔쯤. 이 나이에는 누구나 중년의 흙바닥에 엎드려 물고기같이 울고 싶어지게 되는 걸까. 목숨을 걸 것처럼 절박했던 일들도 시간이 지나면 전생처럼 잊게 돼. 손에 꽉 쥐고 있어 도망갈 리 없다고 착각했던 시간도, 호기롭게 외쳤던 꿈도,

무엇보다 사람들도 하나씩 둘씩 모래처럼 손가락 사이를 빠져나가. 어른들과는 완전히 다르게 살고 싶었는데, 이제는 아베 코보의 소설 <모래의 여자> 속 세계처럼 이 무의미하게 반복되는 세계에 머물기로 결심한 것도 사실은 나 자신이었다는 걸 인정하게 된 거지. 그래도 부질없다고만 생각하진 않을래. 모래가 없다면 그만큼 세상도 허전할 테니. 이렇게 여러 면에서 모순적인 물질도 없잖아. 따스하고 부드러우면서도 황량하고 말라 있지. 가만히 있을 때는 무뚝뚝하지만 사라질 때는 마법 같아. 사르르, 사르르... 돌아보면 거짓말 같은 우리 인생처럼.

한 계절이 지났으니 이제 대나무는 한 마디 더 크고, 아이들은 조금 더 높은 곳에서 세상을 바라보게 되고, 어른들은 손을 조금 더 떨게 되겠지. 파도가 몇 번 오가야 주름이 하나씩 느는 걸까 궁금하지만 그런 걸 연구할 사람은 없겠지. 와이프가 된장찌개 먹자고 불러. 감사히 먹고 기운부터 차려야지.

"사는 게 항상 이렇게 힘든가요?
아니면 어릴 때만 그래요?"

Is life always hard or is it just when you are kid?

- 영화 <레옹>에서 마틸다 대사

사무실 앞 단골 국밥집에서 늦은 점심을 먹었어. 나 말고도 홀로 앉아 묵묵히 국밥 먹는 사람들이 꽤 있더라고. 이 애매한 시간에 바닷가 끝 작은 국밥집까지 흘러와 혼자서 끼니를 때우는 사람들, 저마다의 사연은 모르겠지만 적어도 그들이 최선을 다해 열심히 살아가는 사람들이라는 건 알겠더라고.

재난이든 물난리든 일이 터지면 안 그래도 힘들었던 사람들만 언제나 더 힘들어지지. 좋은 사회란 무엇일까. 거창한 이념 같은 건 모르겠고 그냥 노력하지 않아도 적당하게는 살 수 있는 사회가 좋은 사회 아닐까. 노력하는 사람들은 '잘' 살면 되잖아. 엄청나게 노력하는 사람들은 '엄청나게 잘' 살면 되고 말이야. 하지만 노력하지 않는다고 죽어야 하거나 죽을 만큼 힘들어야 한다면... 그건 좀 아니지 않나? 아이들에게 부끄럽다는 생각이 자주 드는 요즘이야. 조그만 것들, 파릇파릇한 것들, 여린 것들을 보는 마음이 그래서 더 버겁고 힘들어. 자식들 때문에 피를 팔아 생계를 꾸리고 싸구려 황주 한 잔에 볶은 돼지 간을 먹으며 영양을 보충해서 또 피를 팔던 위화의 소설 <허삼관 매혈기>의 주인공 허삼관의 마음을 짐작하게 돼.

뤽 베송 감독의 영화 <레옹>에는 문맹인 킬러 레옹에게 글을 가르쳐주는 대신 킬러 되는 법을 배우려는 12살의 마틸다가 등장해. 마틸다가 어느 날 레옹에게 물었을 때 레옹은 답해. “항상 그래. Always like this.”

그래도 마틸다, 넌 계속 나아질 거야. 자신이 가장 아끼는 화분을 너에게 맡기는 레옹 같은 사람이 있잖아. 그러니까 지치지 말아줘. 근심 걱정 없는 사람은 되지 말아줘. 멍청하고 탁한 눈빛과 기름진 얼굴로 그저 어슬렁대는 사람은 되지 말아줘. 부탁이야.

"버려진 섬마다 꽃이 피었다."

- 김훈, <칼의 노래> 첫 문장

내가 사는 동네는 부산광역시 수영구. 수영(水營)은 수군들의 병영이니까 요즘 식으로 말하면 해군 기지라는 뜻이지. 통영(統營)의 이름이 삼도수군통제영에서 나온 것처럼 말이야. 지금 수영이란 지명을 쓰는 곳은 내가 사는 곳뿐이지만 사실 우리나라 남해에는 모두 네 개의 수영이 있었어. 전라우수영은 해남, 전라좌수영은 여수, 경상우수영은 통영, 경상좌수영이 지금의 부산 수영구에 있었지. 지도를 펼쳐놓고 보면 나란히 왼쪽으로부터 오른쪽으로 이어져. 그런데 좀 이상하지? 왼쪽에 있는데 우수영, 오른쪽에 있는데 좌수영이라는 이름이 붙었잖아. 복잡하게 생각하지 마. 그냥 임금의 눈으로 봐서 그래. 왕이 있는 한양에서 바라보면 좌우가 바뀌니까. 누구의 눈으로 보는가에 따라 똑같은 세상도 완전히 다르게 보이는 법이지.

바다 위의 군인을 논하면서 이순신 장군을 빼놓을 수 없고, 이순신 장군을 논하면서 김훈 소설가의 <칼의 노래>를 빼놓을 순 없지. 이 작품의 첫 문장은 '버려진 섬마다 꽃이 피었다.' 이 문장이 명문인 이유는 소설 전체가 보여주려는 세계를 한 문장에 압축하고 있기 때문이지. '칼'과 '노래', '버려진 섬'과 '피는 꽃'은 그대로 역사와 인간 삶의 모순을 꽉 짜낸 아름다운 표현들이야.

세계가 무너져도 사람들은 기어코 살아가. 바들바들 비틀대면서도 기어코 뿌리를 내리고 정신을 차리지. 나라가 망하든 말든 제 잇속 차리는 데만 혈안이 된 짐승들은 예나 지금이나 곳곳에 수두룩해. 그 아수라장 한복판에서도 묵묵히 자기에게 주어진 소명을 수행하고, 무너지지 않기 위해 버틴 이순신의 시간들은 언제 읽어도 감동적이야. 이순신 장군을 닮고 싶은 나는, 새해가 되면 종종 외치곤 하지. "신에게는 아직 열두 장의 달력이 남아있습니다!" 그리고 연말이 되면 후회로 가득하지만 괜찮아. 열두 장 또 생길 테니까. 버려진 줄만 알았던 지난 시간들에도 모르는 사이 분명히 꽃들이 피었을 테니까.

"아린 가슴으로,
아린 가슴으로,
항구는 잠들지 못하네."

- 최백호, <1950 대평동> 중

가객 최백호의 음악과 특유의 목소리를 좋아해. 특히 이 계절 가을과 정말 잘 어울리지. <바다 끝>이란 노래를 들으면 비수기의 휴양지처럼 한 시절을 보내고 황혼을 맞이한 사람의 쓸쓸함이 전해져서 문득 생각해보게 돼. 두고 오는 법, 놓아주는 법, 모르는 법에 대해서.

2018년 3월 24일에 영도 대평동, 일명 깡깡이 마을에서 주민들을 위한 행사가 열렸는데 거기에 최백호 선생님이 직접 오셔서 이 마을을 위해 만든 노래를 불러주셨어. <1950 대평동>이란 노래야. "물결 너머 자갈치에 불빛이 지면 별빛 따라 피어나는 늙은 노래"라는 가사처럼 바닷가 짠 내 물씬 풍기는 어느 조그만 항구에서 늦은 밤 홀로 취해 골목을 걷고 있는 것 같은 기분이 들게 하는 노래였지. 너무 쓸쓸해 할까 봐, "떠나는 것은 떠나는 대로, 남는 것은 남는 대로 이유가 있지. 사연이 있지."라며 다독여 줘.

이 노래는 최백호 선생님이 1950년에 이 마을에서 태어난 인연으로 만든 노래야. 같은 해에 독립운동가이자 해방 후 국회의원으로 활동하시던 부친이 돌아가셨고 2년 뒤 외가가 있는 기장 쪽으로 가셨대. 깡깡이마을 박물관 2층으로 가는 계단 사이에 최백호 선생님이 직접 그려서 주민들에게 선물한 그림도 한 점 걸려 있어. 노래만큼이나 멋진 그림이지. 글, 음악, 미술 등 다양한 분야에서 일관되게 자신만의 주제를 변주해가는 최백호 선생님을 보면 진짜 예술가란 이런 분을 말하는 거구나, 생각하게 돼.

아, 문득 거친 바다에서 고향으로 돌아온 것처럼, 기분좋게 쓸쓸해지는 새벽이야.

"실어다 뿌리는

바람조차 씨원타."

- 윤동주, <바다> 중

우리는 왜 시를 읽을까? 아프기 때문이겠지. 시는 모자란 체액을 채워주는 링거야. 시는 독혈을 빨아내는 부항이지. 한의학에서는 '기가 통하지 않으면 아프다'는 뜻으로 '불통즉통 不通卽痛'이라 하고, '기가 통하면 아프지 않다'는 뜻으로 '통즉불통 通卽不痛' 이라고 한대. 말장난 같지만, 관계를 생각해보면 한편으론 아파본 사람들만이 비로소 더 깊게 통할 수 있고 아파본 적 없이 통하긴 쉽지 않으니 '불통즉불통 不痛卽不通', 혹은 아파본 이후라야 비로소 서로를 알게 되니 '통즉통 痛卽通'이라고 해도 틀렸다고만 할 수 있을까.

영화 <동주>를 보고 극장에서 돌아오던 날 밤이 생각나. 영화 속에서 한 여학생이 "동주의 시가 참 좋은데 이상하게 다

읽고 나니 쓸쓸해져 버렸다"고 얘기하는데 영화를 보고 나오는 내 마음이 딱 그랬지. 집에 와서 소와다리 출판사가 초판본으로 펴낸 윤동주의 시집 <하늘과 바람과 별과 시>의 표지를 한참 바라보다 제목에서 왜 바다는 빠졌을까 문득 궁금했지. 1917년에 태어나 광복을 맞이하기 6개월 전, 28세의 너무 젊은 나이로 생을 마감한 그를 떠올리며 설마 바다를 한 번도 못 보고 떠난 건 아니겠지, 괜한 안타까움을 느끼면서.

찾아보니 1937년 가을에 용정 광명중학교에 다니던 시절 수학여행을 갔다가 원산 송도원에서 처음으로 바다를 보고 쓴 시가 있더군. 다행이라는 생각이 들어서 기분이 좋아졌어. 시집을 덮고 바깥을 보니, 그의 유명한 시 '별 헤는 밤'의 첫 구절처럼 "계절이 지나가는 하늘에는 가을로 가득 차" 있던 밤이었지.

07-**제철**

"그곳은 어떤 지도에도 나와 있지 않아.
진정한 장소란 결코 지도에 나오지 않지."

It is not down on any map;
true places never are.

- 허먼 멜빌, <모비 딕> 중

철없는 시대야. 사람도, 자연도, 제철 따위 아랑곳하지 않지. 사람은 사라지고 알파고 같은 기계들만 남은 시대 같아. '알파고'를 한자로는 음차해서 '아법구 阿法狗' 라고 표기하는데 '자연스러운 이치를 거스르는 개'라는 의미래. 그래도 난 제철 음식이 좋아. 요즘은 아무 때나 먹을 수 있어서 제철이 의미 없다고들 하지만 그렇지는 않은 것 같아. 철든다는 게 물론 기쁜 일만은 아니지만 그래도 이제는 그쪽이 마음 편해. 아무래도 역시 아날로그가 더 몸에 맞는 기분이랄까. 가을이면 고창 선운사에 꽃무릇이 한창일 텐데 그런 생각이 들면 가고 싶어지고, 가고 싶어지면 그냥 가보는 삶을 살고 싶어.

수년 전 초가을에 백령도에 가서 물범 지킴이로 활동하시는 김진수 선장님을 뵙고 온 적 있어. 3박 4일 짧은 일정이었지만 정말 많은 걸 느끼고 온 뜻깊은 여행이었지. 그 두꺼운 손가락으로 그물을 바느질하던 모습이 떠오르는데 압권은 약속보다 훨씬 일찍 도착하고도 바람맞은 순간이었어. 크게 당황해서 전화를 걸었더니 왜 이제 왔냐고 오히려 야단치셨지. 20분이나 일찍 왔는데 벌써 나가시면 어떻게 하냐고 지지 않고 목소리를 높였더니 물때가 돼 바다로 나왔는데 다시 돌아가게 생겼다며 투덜대던 선장님. 부랴부랴 부둣가로 뛰어갔더니 저 멀리서 배를 돌려 우리에게 다가오고 있는 '차島남'의 모습이 보였어. 아무렴, 기계적인 시간보다야 물때가 훨씬 중요하지. 아름다운 섬 백령도의 참모습을 보고 온 특별한 여행이었는데 서해 까나리 제철이 되면 꼭 다시 가봐야겠어.

**"그저 직업이다. 풀은 자라고, 새는 날고,
파도는 모래를 두들겨 패고, 나는 사람들을 때려눕힌다."**

It's just a job. Grass grows, birds fly,
waves pound the sand. I beat people up.

- 무하마드 알리(Muhammad Ali)

태풍이 지나가고, 9월이 시작되고, 바람이 서늘해지고, 귀뚜라미 울음소리가 자주 들리면 정신이 번쩍 들어. 사람들이 대체로 자기가 태어난 계절을 닮는다잖아. 9월은 나에게 시간적 고향이라 해도 좋아. 어느 해인가 9월에는 다시 태어나는 기분으로 '안리(安里)'라는 호를 지어봤어. 어느 정도 어른이 돼 제 삶의 주체가 되면 자기 이름을 직접 지어보는 전통이 있는데 그럴 때는 대체로 소박한 이름을 많이 택했고 특히 자기가 오래 산 동네 이름을 선호했다더라고. 율곡, 퇴계가 그렇고, 우이동에 살아서 쇠귀라는 호를 지으신 신영복 선생님도 그렇고. 나도 그래서 안리라고 해봤어. 광안리에서 광(廣)은 너무 부담스러운 글자라 빼고 산뜻하게 안리. 10살 때부터 광안리에서 살았고, 처음 본 바다도 광안리이고, 모래 마녀라는 뜻을 가진 내 첫 밴드 ‘샌드위치 sand-witch’의 첫 공연도 광안리 백사장에서 했지.

물론 많은 사람이 전설의 권투선수 무하마드 알리와 헷갈리곤 해. 알리를 좋아하는 나로서는 즐거운 일이지. 그의 본명은 캐시어스 마셀러스 클레이(Cassius Marcellus Clay)였지만, 인종 차별에 시달리다가 내가 태어난 해이기도 한 1975년에 무하마드 알리(Muhammad Ali)로 개명했어. 성숙한 인간은 파도가 모래를 덮치듯, 권투선수가 상대를 때려눕히듯, 그저 묵묵히 자기에게 주어진 일을 해나가기 바쁜데 소심하고 모자란 인간들만이 질투를 못 이겨 자신의 피 같은 시간을 남들에게 쓰고 자빠지느라 눈이 벌겋지. 범죄와 민폐와 주변을 달달 볶기로만 기어코 자신이 살아있음을 증명하려는 재능 없는 인간들을 생각하면서, 역설적으로 나는 ‘편안한 마을’이란 의미의 ‘안리’라는 이름을 더 사랑하게 돼.

아! 줄거리가 없는, 엉망진창이라 더욱 흐뭇한 진짜 삶의 모습이 흩뿌려진 곳, 광안리.

"바닷물이든 인간이든
매한가지 아니겠소?"

- 허균

'의식주'라는 말. 진실이 무엇이든 겉으로 보이는 게 더 중요해서 '의(衣)'를 가장 앞세운 걸까? 인간의 삶을 관념적으로 보지 않았던 공자는 '음식남녀(飮食男女)'야말로 인간에게 가장 중요한 욕망이라고 했어. 옷이나 부동산 얘기는 하지 않아. 식욕과 성욕. 인간을 움직이는 가장 기본적이면서도 강력한 두 축. 그래서인지 '음식남녀', 즉 식욕과 성욕을 무시하는 사람을 만나면 아무래도 잘 소통이 안 돼서 불편해.

시대의 이단아, 아웃사이더를 생각하면 허균을 떠올리게 돼. 스스로 '나는 평생 먹을 것만 탐한 사람'이라고 말하며 조선 팔도의 가장 맛있는 음식들을 품평한 책 <도문대작>을 펴낼 정도였고 여자도 엄청나게 좋아해서 당대 많은 이에게 잡스럽고 경박하며 음란한 인물로 비난받았던 기인. 식욕과 성욕을 억제해야 한다는 서슬 퍼런 사대부들에게, “나는 성인보다 하늘을 따르겠다”며 ‘너나 잘하세요’를 시전한 인물. 그는 바다를 통해 새로운 세계를 상상한 천재이기도 했어. 그 자신이 바닷가 강릉에서 태어나 자랐고, 어린 시절 이순신의 시대를 경험했으며 서애 류성룡을 스승으로 모신 영향도 있었겠지.

허균의 삶에서 10년 가까이 우정을 나눈 전라도의 기생 매창을 빼놓을 수는 없을 거야. 강릉 바다는 여기 변산 바다와 달리 파란색이라고 들었는데 어찌 바다의 색이 다르냐고 묻는 매창에게 허균은 바닷물이야 다 같이 투명하지만 바닥에 뭐가 있느냐에 따라 색깔이 달라질 수 있다며 인간도 마찬가지 아니겠냐고 답했다지. 지금 내 안에는, 그 바닥에는 뭐가 있을까. 문득 7번 국도를 타고 동해를 따라 올라가 강릉에서 초당두부에 막걸리 한잔 마시고 오면 좋겠다 싶은 가을밤이야.

"사람들은 어려운 말을 하면,
자기가 그걸 이해했다고 생각하지."

A man thinks that by mouthing hard words
he understands hard things.

- 허먼 멜빌(Herman Melville)

우리나라에서 가장 해가 빨리 뜬다는 울주군 간절곶. 여기에는 포르투갈 신트라의 호카곶(Cabo da Roca)에 있는 것과 똑같은 상징탑이 서 있어. 각각 유라시아 대륙에서 가장 해가 빨리 뜨는 곳과 가장 마지막으로 해가 지는 곳이라 상호 문화 교류를 기념하며 세운 것이래. 사이좋은 모습은 꼭 사람이 아니라도 보는 이를 기분 좋게 해.

근처에 인문학 특강이 있어 좀 일찍 나섰다가 시간이 남아 분위기 좋은 카페에 들어갔지. 아이스 아메리카노의 준말이 '아아'라는데, 나는 이 단어를 소리 내서 말할 때마다 이상하게 좀 야한 느낌이 들어. 내가 이상한 게 맞겠지? '아아'를 홀짝거리며 홀로 간절곶을 감상하던 그 시간이 참 좋았는지 시간이 지나도 가끔 떠올라. 하지만 그날 저녁 강의는 좀 아쉬웠어. 한 나이 지긋한 수강생이 인문학은 참 좋은 거긴 한데 먹고 사는 데 도움 되지 않아서 자기는 얼마든지 할 수 있지만 별로 매력을 못 느낀다는 요지의 말씀을 하셔서 발끈해버렸던 거지.

미안하지만, 인문학은 무엇을 '위한' 게 아니야. 물론 시중에는 돈이나 명예나 기타 등등을 위한 수단, 도구로서의 말장난이 인문학이라는 이름으로 분칠하고 돌아다니는 일이 잦지. 하지만 굳이 수단과 목적을 가르자면, 거꾸로라고 생각해. 오히려 인문적 삶을 '위해서' 많은 게 필요하지. 이를테면, 용기 같은 것. 그래야 간절곶과 호카곶처럼 가장 멀리 떨어져 있는 존재들도 겨우 만날 수 있게 되는 건데 자꾸만 자기 세계 밖으로 나오지 않고 겉으로만 돌고 흉내만 내려는 사람들이 많아지니 아쉬울 수밖에. 존경하는 황현산 선생님의 책 <내가 모르는 것이 참 많다>는 제목에서부터 인문적 수준을 보여주는데 거기 나오는 한 말씀. "인문학은 무슨 말을 하기 위해서 하는 것이 아니라 해서는 안 될 말이 무엇인지 알기 위해 하는 것이다."

“노인들이 저 모양이란 걸 잘 봐두어라”

- 채현국

한겨레신문 2014년 1월 첫 신문에, “노인들이 저 모양이란 걸 잘 봐두어라”라는 제목의 기사가 실렸어. 곧바로 사회에 큰 울림을 주며 화제가 됐지. 나도 그때 선생님의 존재를 처음 알게 됐어. 무작정 전화를 드려 찾아뵙고 싶다고 했더니 ‘영광’이라고 하셨지. 처음 뵈었을 때, “말씀 편하게 하십시오” 했더니 정색하시며, “우리는 원래 나이나 서열 상관없이 서로를 높여 불렀소. 장 선생도 후배들에게 그리하소. 앞뒤 없이 반말하고 서로를 낮게 칭하자는 것은 일제 문화요. 나는 그런 것은 몸에 맞지 않아요.” 하셨던 기억이 어제처럼 생생해. 내가 닉네임 문화를 싫어하는 이유와도 맥이 닿는 말씀이셔서 더 좋아하게 됐지.

이후로 가끔 선생님이 주로 생활하시던 양산 개운중학교로 찾아가 산책하고 이야기 나누고 저녁에는 근처 '다와'라는 술집에 가서 생맥주를 마셨어. 그 술집은 마침 내가 잘 아는 뮤지션 후배 명실과 잉셀 부부가 운영하던 곳이기도 했고 선생님이 혼자 찾아가 술을 마시던 단골집이기도 했어. 잉셀은 지금 고향 티베트에 가 있고 명실은 제주에서 '단다사랑방'이라는 핸드메이드 공방을 운영하고 있지.

선생님과 함께 잉셀에게 티베트어를 배우다가 잉셀의 성(姓)인 텐진(Tenzin)이 무슨 뜻이냐 물었는데, 'the ruler of the ocean'이라길래 내가, '와, 바다의 통치자. 멋지네'라고 했거든. 그러니까 선생님이 그러면 뜻이 잘 안 와닿는다며 '용왕'이라고 하시는 거야. 언어에 대한 감수성이 이렇게 차이가 날 수 있구나, 절망했던 밤이었지.

2021년 4월에 돌아가실 때까지 분에 넘치게 귀하고 고마운 시간이 많았어. 앞으로도 선생님을 떠올리며, 그 장난기 가득한 표정으로 들려주셨던 소중한 지혜들에 관해 이야기할 일이 많을 것 같아. 오늘도 먼 곳에서 부디 편안하시길.

“오늘 아침 광안리,
파도는 쇠와 돌처럼 철썩철썩(鐵石鐵石)!
이 시간, 바다 위로
가을 비 피리 소리처럼 추적추적(秋笛秋笛)!”

- 2019년 가을

파도 소리에 집중하면 어느 순간 눈을 감게 돼. 놓치기 싫은 좋은 음악을 들을 때처럼. 사람들이 ASMR을 듣는 이유도 비슷하겠지. 인간이 만들어낸 음악도 좋지만, 무심하게 생산되는 자연의 소리는 아무래도 그 경지를 따라갈 수 없는 것 같아. 소리나 음악이나 기본적으로는 공기를 떨게 하면서 일어나는 현상이지만 아무래도 음악에는 인간의 의도가 스며들게 마련이니까.

폭우가 쏟아질 때, 담양 대나무 숲 위로 한바탕 큰 바람이 지나갈 때, 순천 선암사 승선교 아래로 물들이 아이들처럼 앞만 보고 돌진할 때, 순천만 습지 큰 갈대들이 갯가 거센 바람에 서걱댈 때...... 그 밖의 수많은 경우에 나는 눈을 감고 문득 바닷가에 있다는 기분 좋은 착각을 하며 파도 소리를 들어. 자연의 소리라고만 표현하면 좀 아쉽고, 이런 자연의 소리들은 더 구체적으로 말하면 평화의 소리, 사랑의 소리, 안아주는 소리, 내가 태어나기 전에 있었고 죽고 나면 가게 될 아주 먼 곳으로부터 들려오는 '괜찮아'하고 위로해주는 소리 같아서 자주 코끝 찡하게 하지. 티 하나 없이 마음을 비울 수 있게 도와주지. 불규칙한 것들 속에는 어떤 생명력 같은 게 숨어있다는 걸 깨닫게 하지.

인간이 만들어낼 수 있는 소리 중에는 아이들이 잘 때 내는 숨소리를 좋아해. 잔잔한 파도 소리랑 비슷해서 좋아. 음악은 결국 음조와 박자인데, 아이들에겐 되도록 메이저 코드 노래와 심장 박동 리듬의 노래를 들려주고 싶다는 생각을 해봤어. 이거 쓰는 중에 보니 우리 아이들 잔다. 쌔액쌔액 하다가 새액새액 하니, 자세히 듣지 않으면 안 되겠어. 오늘은 이만.

4부. 겨울의 바다와 12개의 문장

"觀海難水"

바다를 본 사람은
물에 대해 말하기 어려워한다.

- 맹자

빛이 강할수록 그림자도 짙게 마련. 자기를 내세우려는 사람들을 볼 때마다 자기 안의 콤플렉스를 봐달라는 것처럼 느껴져 슬퍼. 가끔 강의나 사회 같은 이유로 사람들 앞에 설 기회가 있을 때 나는 일부러 한동안 말을 안 할 때가 있어. 가만히 함께 침묵하는 시간이 좋아서.

물론 말을 안 하고 살 수야 없겠지. 요즘 같은 시대에 고요하게 살고 싶다는 욕망은, 그 어떤 탐욕스러운 욕망보다도 더 원대하고 불가능에 가까운 꿈이니까. 그래도 나에게 침묵은 포기할 수 없는 야망. 그 소리 없음의 아우성, 쓸모없음의 쓸모, 고요함이 뿜어내는 육감적인 활력. 온갖 오두방정과 호들갑보다도 건드리면 금방 터질 듯 팽팽하게 긴장된 침묵이 오히려 수만 배는 더 뜨겁게 진실을 웅변해. 대화 중 잠깐 찾아오는 침묵의 시간을 유럽에서는 '천사가 지나가는 시간'이라고 부른다지. 우리는 천사를 너무 못살게 굴고 있는지 몰라. 아예 천사들이 지나갈 틈 자체를 안 주고 있어.

사는 게 쇼처럼 변해서일까. 사람들은 끊임없이 무언가를 해야 한다는 부자연스러움 속에서 몇 초만 말이 없어도 방송사고가 날 것처럼 쉼 없이 떠들어. 여기저기 선생이 많아진다는 건 망조에 가깝지 반길 일은 아니잖아. 맹자는 말하길, "사람의 걱정거리는 남의 스승이 되는 것을 좋아하는 데 있다"고 했지. 부조리한 세상에서 정상적인 인간은 "흩어져 없어지기를 거부하여 자의적인 헐벗음으로, 침묵의 결의로, 반항의 기이한 고행으로 빠져든다"던 카뮈의 말도 떠올라. 로댕은 7년에 걸쳐 프랑스의 대문호 발자크에 대해 연구한 끝에 거대하고도 육중한 하나의 침묵처럼, 야수와도 같이 거칠고 투박한 터치로 발자크 상을 조각했다가 당대의 비난을 받았지만 지금 이 작품은 고전이 되었잖아.

그만할까? 나도 오늘따라 너무 말이 많지?

"上善若水"

가장 높은 경지의 선은 물과 같다.

- 노자, <도덕경>

나이를 먹을수록 총기는 떨어지고 고집은 늘어나. 요즘 유행하는 말을 비틀어 표현하면 '겉바속촉'이 되어야 할 텐데 거꾸로 '겉촉속바'가 되어가는 느낌이랄까. 응? 그 정도나 되면 다행이고 어쩌면 '겉바속바'가 되어버렸는지도 모르겠다고? 아, 그건 너무한데......

그러고 보면 인생에는 정기적으로 물기를 보충해줘야 할 때가 있긴 한가 봐. 물 없이 살 수 없는 건 생명 모두에게 마찬가지니, 노자도 '최고의 선은 물과 같다'고 했겠지. 흐른다는 것, 변해간다는 것의 의미가 새삼스러워. 멈춰있는 것, 우격다짐인 것들의 바짝 마른 모습은 안쓰럽고.

2018년 2월에 좋은 분들과 함께 중국 푸젠성 여행을 다녀왔어. 샤먼과 고랑위를 비롯해 마조 여신이 태어났다는 미주도와 여러 도시를 돌아다녔는데 천주에서 거대한 노자 상을 보았지. 물의 철학자인 그는 말했지. "물은 만물을 이롭게 하지만 다투지 않고 모든 사람이 싫어하는 곳에 머문다." 쉽지 않은 일이지만 물기가 필요한 시기라면 쉽게 흘려들을 수 없는 말이야.

찬 바람이 불면 거리의 나무들은 앙상해지고 사람들의 옷차림은 두툼해져. 그런 계절이 오면 나도 여러 계획을 세우게 되지만 올해는 '상선약수(上善若水)'를 떠올리며 지금보다 덜 생각하고, 덜 계획하고, 덜 움직이자고 마음먹었어. 말하고 보니 더 엄청난 계획 같지만 그래도 몸에 힘이 들어가면 안 되지. 노자도, "듣고서 낄낄대지 않으면 진리가 되기에 부족하니라"라고 했으니 '상선약수'는 내일부터 하고 오늘은 우선 '상선약주(上善若酒)'! 한 잔 마시고 더 생각해볼게.

"역사가 우리를 망쳐 놓았지만 상관없다."

History has failed us, but no matter

-이민진, <파친코> 첫 문장

<파친코>는 오랜만에 만난 대단한 소설이었어. 정말 즐겁게 읽었지. 문체와 전개에 군더더기가 없고 빠르게 툭툭 치고 나가는 이야기 사이사이에 무너지는 역사 속에서도 기어코 일어서는 인간의 삶에 대한 작가의 깊은 성찰이 스며있어서 좋았어. 김훈 작가 식으로 말하면 '버려진 섬'에도 꽃은 핀다는 거지. 위화 소설을 처음 만났을 때와도 비슷한 느낌을 받았는데 특히 1권의 절반 정도까지 배경이 부산 영도여서 더욱 빠져들었어. 미국에서 자란 작가가 영도와 자갈치의 풍경을 어떻게 이렇게도 생생하게 그려냈는지.

영도는 죽임의 반대랄 수 있는 '살림'의 섬이야. 지형 자체가 풍파를 막아주는 천연방파제지. 천주교 박해부터 한국전쟁

까지 역사 속에서 갈 곳 없는 사람들이 찾아오면 보호하고 막아주고 살려서 다시 내보내 온 섬. 치열하고 냉혹한 세상이라는 전쟁터에서 상처 입은 사람들이 찾아오는 망명지이자 야전침대. 한국의 첫 고구마 재배지.

이 소설의 첫 문장도 워낙 유명해져서 요즘은 여기저기서 자주 만나게 돼. 엄청난 문장이긴 하지. 정말로 그래. 이 소설에 나오는 등장인물들은 엿 같은 시대 상황 속에서 신산한 삶을 힘겹게 통과하면서도 기죽지 않고 선한 의지를 포기하지 않아. 각자 입장에 따라 서로 상처를 주고받기도 하지만, 모두 저마다의 방식으로 품위를 잃지 않으려 노력하지. 패악을 일삼고 빈정대기나 하면서 설사하듯 주르륵 그만 삶을 놓아버리는 나약한 사람들을 낭만적으로 묘사하는 소설들을 싫어하는데, 이 소설은 확실히 그런 세계관과는 거리를 두고 있어서 좋았어.

지금도 많은 분이 곳곳의 자기 자리에서 최선을 다하고 있을 테지. 그럼 나도 엄살떨 때가 아니지. 얍!

"가장 힘든 것은 바다 맨 밑에 있을 때야.
왜냐하면 다시 올라와야 할 이유를 찾아야 하거든."

- 영화 <그랑블루>에서 자크의 대사

3,500여 년 전, 한 떼의 사람들이 작은 배를 타고 드넓은 남태평양으로 나가 곳곳에 터를 잡았어. 그 먼 길, 그 불인(不仁)한 바다를 건너기 위해 그들은 얼마나 큰 두려움을 이겨내야 했을까. 인간들은 적당한 두려움을 이겨내면 영웅이라고 부르지만, 자신들이 상상할 수 없을 정도의 두려움을 이겨낸 자들은 감당할 수 없으니 노예로 삼거나 범죄자로 만들어 추방하려 해왔지. 역사 속에서 보여준 인간들의 치사함이야. 그래서 나는 남태평양의 작은 섬들을 지키는 원주민들의 선조야말로 오래전 인간들의 세계에서 가장 용감한 사람들이 아니었을까 생각해보곤 해.

그들은 자신들의 존재 이유를 살을 찢어서 몸에 글씨나 그림으로 새겼어. '타투'라는 말 자체가 남태평양의 작은 섬 사모아에서 유래한 거라잖아. 사모아 말로 무언가를 때린다는 의미의 '타(Ta)'와 결정짓는다는 의미의 '타우(Tau)'가 합쳐져 만들어진 '타타우(Tatau)'가 유럽에 전파되며 변형된 말이래. (탁재형, "타고난 항해사 사모아의 사내들", 시사IN 569호)

한자로도 때리는 걸 '타(打)'라고 하니 묘한 우연이지.

원시의 망망대해를 바라보자면 자주 그런 생각이 들어. 정해진 건 없고 세상은 우리가 만들어가는 것이라는. 나도 막막하지만 찾아내야겠지. 왜 사는지 그 이유 말이야. 경성대 앞에서 멋진 공간 '뎅기피버'를 운영하는 친구 완준이는 영상, 음악, 미술 등 그야말로 다재다능한데 몇 년 전 문득 니체 문신을 해서 나를 놀라게 했어. 뭐라도 좋으니 나도 어떤 확신을 가질 수 있게 되길, 그래서 그걸 몸에 새길 수 있는 날이 오면 좋겠어.

"강한 것만으론 충분하지 않아."

Tough ain't enough.

- 클린트 이스트우드, 영화 <밀리언달러 베이비>

영도 대평동의 작고 허름한 식당에 혼자 들어가 점심으로 물회를 주문했어. 들어가기 전부터 분진, 쇳가루, 페인트 냄새 등등이 머리를 어지럽혔는데 식당 안에 들어가니 중년 남성 노동자들이 정직하게 내뿜는 얼큰한 땀 냄새가 또 한 번 온몸을 훅 건드리더라고. 여기는 이런 곳이야, 하고 확실하게 어필하는 느낌이었지. 물회가 나왔는데 평소 먹던 것과 달라 잠시 헤매고 있자니 바로 옆 테이블의 50대 후반쯤 돼 보이는 아저씨가 퉁명스럽게 묻더군. "부산 사람 아잉교?" 맞다니 다시 물었어. "근데 와 물회 묵을 줄도 모르능교?" 얼음도 물도 없어서 그렇다고 하자 아저씨가 피식 웃어. 그러더니, "이 양반, 포항식 물회만 무 봤는갑네. 요는 부산식이요." 하면서 양념 된 고추장과 식초, 설탕 등속을 탁탁 넣고 두세 번 비벼주고는 순

가락을 건넸어. “이래 함 드시보소.” 그때였지. 맞은편에 있던 또 다른 아저씨가 끼어들었어. “물 두 숟가락쯤 붓고 비비소.” 이때부터 시작된 언쟁은 내가 밥을 다 먹을 때까지 계속됐지.

“갑자기 물은 와 부으라 카노? 그거는 포항식이라니깐?” “아, 그래도 두 숟가락쯤 붓는 거는 괘안타.” “짜슥아, 비비다 보믄 자연스럽게 물이 나오는데 두 숟가락은 말라꼬 붓노?” “아따, 두 숟가락 붓는다고 맛이 변하나?” “그거는 포항식이라니깐?” “두 숟가락쯤은 괘안타꼬!” “아니, 비비다 보믄 자연스럽게 물이 나오는데 말라꼬 붓냐고오?” “두 숟가락은 괘안타니깐!” “물 넣으면 포항식...”

이후 무한루프. 두 분의 그 투덕투덕하면서도 어딘가 흐뭇해하던 표정에서 뭔가 중요한 걸 배운 것 같은 날이었어.

"정직: 우리 모두가 잃어버린 최고의 예술"

Honesty: The best of all the lost arts

- 마크 트웨인(Mark Twain)

문득 '옛날의 내가 사라져버렸구나' 싶어 가슴 덜컹할 때가 있어. 내 안의 무언가를 땔감 삼아 다 태워 가며 지금의 모습이 되어버렸겠지, 하는 느낌. 반면, '옛날의 내가 여전히 남아있구나' 싶어 묘하게 안심할 때도 있지. 잃어버리지 않으려고 깊숙이 감추어둔 무언가가 스스로 발효해서 바깥으로 새어나오는 느낌. 사라진 건 무엇이고 남아있는 건 무엇일까.

중학교 때 즐겨봤던 드라마 <케빈은 12살>의 주제곡은 'With a Little Help from My Friends(1969)'. 영국의 록가수 조 카커가 불렀지. 내게도 그 시절은 노래 제목처럼 '친구들의 작은 도움으로' 많은 것들을 시도해보고 경험할 수 있는 시절이었어. 돌아보면 운도 좋았고. 조 카커는 그 특유의 굵고 거친 목소리로 노래해. "내가 음정도 안 맞게 노래하면 넌 어떻게 할 거야? 일어나서 밖으로 나가버릴 거야?" 돌아보면 실제로도 나를 못 견디고 나가버린 사람들이 많았겠지. 그게 누구였는지는 기억나지 않지만 정말 많았겠지. 그리고 지금 내 주변에 남은 사람들은 엉망진창인 노래라도 묵묵히 들어주며 기다려준 사람들일 테고.

바다를 보고 있으면 정말로 잃어버려선 안 될 게 뭔지 조금은 알게 되는 것 같아. 그 정직한 리듬과 움직임을 보며 생각하지. 더 솔직해져야겠다고. 음정이 안 맞더라도 나 자신을 속이지 않고 더 최선을 다해 불러봐야겠다고. 소년의 마음과 현자의 머리를 가졌다는 미국 문학의 아버지 마크 트웨인도 말했잖아. "나는 학교 공부가 내 공부를 방해하게 놔두지 않았다." 무한경쟁이고 나발이고 모르겠고, 나는 인간이 할 수 있는 최고의 예술에 도전해볼래. 나 자신에게 정직해져 보겠다는 말이야.

"아이들을 구하라!"

救救孩子

- 루쉰, <광인일기> 마지막 문장

광안리 해변 끝, 광남초등학교 후문에 가면 우리나라 1세대 그라피티 아티스트인 구헌주 작가의 유명한 작품을 만날 수 있어. 아이가 쪼그려 앉아 돋보기를 들고 행인들을 내려다보고 있는 작품. 검색이라도 해서 꼭 한 번 감상해보길 권해. 그처럼 아이들은 어른들을 보고 자라지. 그런데 지금 우리 어른들의 모습은 어떨까?

기성세대로서 부끄러워 죽겠어. 아이들이 금수저, 흙수저 같은 말을 공공연하게 한다는 것 자체가 거대한 퇴행이지. 그러면서도 아이들은 어른들의 말을 믿고 묵묵히 학원 다니느라 학교 와서 졸고, 조금이나마 보탬이 되려고 알바 하느라 또 학교 와서 졸아. 철딱서니 없는 어른들은 또 거기다 대고 능력이 어떻고, 짓밟고 이겨야만 살아남을 수 있다는 둥 잔뜩 무게를 잡아가며 헛소리나 주억거리지.

우선 자기 스스로 행복해 볼 필요가 있지 않을까? 정작 자기는 불행하면서 아이들에게는 큰소리를 뻥뻥 치니 비극이 반복되는 거 아닐까? 불행한 어른들이 불행한 아이들을 만들지. 그 역도 마찬가지고. 고전사회학자 에밀 뒤르켐의 말처럼, "우리가 '신'이라고 생각하는 것은 실은 '사회'"야. 어른들이 만들어놓은 사회를 아이들은 신이라고 생각하며 자란다고. 사람을 잡아먹어야 겨우 굴러가는 사회를, 아이들이 신이라고 생각하게 놔두면 정말 큰일 아닐까? 격동의 시대를 살다 간, 중국을 넘어 아시아를 대표하는 근대의 지성 루쉰이 <광인일기>의 마지막 문장으로 쓴 것처럼, 정말로 우리는 아이들을 살려야 해. 기성세대는 자기 아니면 안 된다는 생각을 빨리 버려야 한다고.

그리고 그렇게 시간이 생기면 자기 안의 어린아이도 좀 다시 살려내고.

"내 가보지 않은 한쪽 바다는
늘 마음속에서나 파도치고 있습니다."

- 이성복, '서해', <그 여름의 끝> 중

그리스어 접두어 '아(A)'는 '없음'을 뜻해. 수학에서 '0'의 존재만큼이나, 철학에서 '없음'이란 개념은 거의 혁명이라고 해도 좋을 만큼 인간의 상상력을 넓혀줬지. 아토피는 그래서 이유가 없다는 의미고, 아노미는 그래서 규범이 없다는 의미이며, 아포리아는 그래서 길이 없다는 의미야. 특히 마지막에 말한 아포리아, 즉 길이 없다는 건 어떤 의미에선 아주 기쁜 일이지. 비로소 다른 길이 시작될 수 있다는 말이기도 하니까. 이러지도 저러지도 못하겠고, 살지도 죽지도 못하겠을 때는 차라리 극약 처방처럼 아포리아가 필요할 수도 있어. 막다른 길에 서봐야만 보이는 게 있지.

실제로도 인생을 살다 보면, 나쁘다고 생각했던 게 꼭 나쁘게만 작용하는 것은 아님을 알게 될 때가 있잖아? 기름져서 좀 느끼한 사람들은 종종 '좋은 게 좋은 거'라고 말하지만, '나쁜 게 나쁜 거'라는 말은 잘 안 하지. 그 사람들이 알고 하는 얘기는 아니겠지만 꼭 '있는 건 있고, 없는 건 없다'고 말한 파르메니데스를 떠올리게 해. 하지만 내가 좋아하는 헤라클레이토스처럼 말하자면, 좋은 게 좋기만 한 건 아니고, 나쁜 것도 나쁘기만 한 건 아니야. 그리고 인간에겐 그게 좀 더 진실에 가깝다고 생각해.

그러니까 잊지 않았으면 좋겠어. 길은 항상 어딘가에서 우리를 기다리고 있다는걸. 막다른 길이라고 생각하고 주저앉는 건 그냥 우리 스스로 그렇게 생각해서일 뿐이야. 우리는 가보지 않은 곳을, 또 가볼 수 없을 것이 확실하더라도 그 가능성 자체를 버려서는 안 돼. 마음속에서나 파도치더라도 지우지는 말았으면, 어쩌면 거기 있을 아름다움을 믿어보았으면 좋겠어. 그렇게 믿고, 마침내 파도를 일으켜보자고.

"다만 어린 고래여, 꿈꾸는 고래여
거기 동해로 가는 길은 어디
어기야 디야, 깊고 푸른 바다
어기야, 그 망망대해…"

- 정태춘, <저녁 숲 고래여> 중

한국 대중음악의 거인 정태춘 선생님이 딱 10년 전인 2012년 발표하신 노래 <저녁 숲 고래여>를 듣고 있어. "겨울비 오다 말다, 반구대 어둑어둑"이라는 첫 구절부터 마음을 세게 건드려. 지금 우리 사는 세상 모습 같잖아. "배 띄우러 가는 골짜기 춥고, 사납게만 휘도는 검은 물빛 대곡천 시끄럽게 내 발길을" 잡아도, 어린 고래 그 꿈꾸는 고래를 생각하는 마음을 지울 순 없으셨겠지.

고래는, 이제는 사라져버린 동경의 대상을 표현할 때 동서고금을 막론하고 자주 쓰이는 환유인데 나에게는 정태춘 선생님이 바로 그런 존재였지. 망망대해, 갈피를 잡을 수 없는 세상에서 아주 오래전부터 선생님이 계신 곳을 향하고 싶었으니까. 2019년에, '시장밖예술'이라는 프로젝트에 참여하게 되면서 동경하던 선생님을 실제로 처음 뵙게 되었어. 짧게 자른 머리, 소년 같은 미소, 예의 그 맑은 기운이 인상적이었는데 문득 스스럼없이 말씀하셨지. "나는 이제 나이 육십이 한참 넘었는데, 아직도 이 세상에 적응이 안 돼요."

1998년 5월에, 나는 밴드 '앤 Ann' 의 보컬로 활동하며 데뷔앨범을 발매했어. '인디 indie' 담론이 한창 뜨거운 시절이었지만 우리가 발매한 앨범이, 또 함께 우르르 발매됐던 다른 밴드의 앨범들이, 정태춘이라는 한 아티스트의 외롭고 힘든 투쟁에 힘입은 것임을 당시에는 까맣게 몰랐지. <시인의 마을> 코드를 잡아가며 통기타를 배웠던 중학생 시절에야 그랬다 쳐도, 다 크고 나서도 한동안 의식하지 못했다는 건 지금 생각해도 창피해. 얼마 전 선생님의 지난날을 한 번 정리한 영화 <아치의 노래, 정태춘>이 개봉했어. 다들 꼭 한 번씩 보길 권해. 나는 오늘 집에 있는 술이 뭐 있나 다 꺼내서 선생님의 노래를 역주행해볼 계획이야. "한수야, 부르는 쉰 목소리에 멈춰 서서 돌아보고", "한수야, 부르는 맑은 목소리에 깜짝 놀라 돌아보고" 싶은 밤이야.

“바닷가에 왔드니
바다와 같이 당신이 생각만 나는구려
바다와 같이 당신을 사랑하고만 싶구려”

-백석, ‘바다’ 중

넌 겨울이 되면 생각나는 시가 한 편쯤 있어? 난, “가난한 내가 아름다운 나타샤를 사랑해서 오늘 밤은 푹푹 눈이 나린다”라는 문장으로 시작해서 “어데서 흰 당나귀도 오늘 밤이 좋아서 응앙응앙 울을 것이다”라고 끝나는 백석의 유명한 시 <나와 나타샤와 흰 당나귀>가 떠 올라.

백석의 시를 읽다 보면 나도 문득 응앙응앙 울고 싶어지지. 그의 시에는 특히 음식 얘기가 많아서 좋아. 가식 없는 사람만이 먹고 싸는 이야기를 진지하게 할 수 있거든. 백석과 함흥기생 김영한의 이야기는 워낙 유명하지. 백석은 김영한에게 ‘자야’라는 이름을 지어줬어. 두 사람의 이야기는 조금만 수고해도 쉽게 찾아볼 수 있으니 자세한 얘기는 생략할게. 이해타

산에 예민한 지금의 우리로서는 감히 상상하기도 어렵고, 상상하더라도 흉내 내기 어려운 완전히 다른 차원의 관계를 목격할 수 있지.

진부한 표현이긴 하지만, 역시 올해도 '다사다난'했어. 수많은 사람이 제각각의 이유로 울고 웃으며 그 다사다난함을 버티는 동안 어김없이 시간은 가고 바람이 차가워지더니 또 한 해가 가. 떠나는 한 해의 뒷모습을 바라볼 때, 우리는 모두 겨울 바다 위로 떨어지는 쓸쓸한 햇빛처럼 조금쯤 창백해지지. 가족이, 친구가, 오랫동안 보지 못했던 사람들이 새삼 그리워지지. 미숙한 성장을 바라보며 곁에서 격려해주고 보듬어주신 모든 분에게 마음속 깊은 곳에서 우러나오는 감사의 인사를 보내고 싶어지지. 덕분에 우리들의 연말엔 핏기가 돌고. 이맘때가 되면 기타노 다케시의 영화 <키즈 리턴>의 마지막 대사가 떠오르곤 해. 우리 이제 끝난 걸까? 라고 묻는 주인공에게 친구가 답하잖아. "바보야, 아직 시작도 안 했는걸!"

“만물의 본질은 물”

- 탈레스(Thales)

2008년 학회 일정으로 터키에 갔을 때 일부러 시간을 내 옛 이오니아 땅 이즈미르와 에페소까지 날아간 이유는, 서구 철학이 시작되었다는 그 바닷가를 언젠가는 한번 꼭 직접 걸어보고 싶었기 때문이었어. 바다 건너 가까이 그리스가 바라다보이는 흐린 해변을 걸으면서, 여기가 탈레스가 ‘만물의 본질은 물’이라고 했던 곳이겠구나, 상상했지. 정말로 만물의 본질이 물이라고 생각하는 사람이 얼마나 될까? 그가 서구 최초의 철학자로 여겨지는 이유는 만물의 본질이 무엇인지와는 별개로 그런 걸 최초로 궁금해했고, 최초로 ‘질문’했기 때문이지. 답이야 저마다 다를 수 있잖아. 피타고라스처럼 수(數)라고 해도 좋고, 혹은 공기든, 불이든, 그 무엇이든.

정말로 중요한 건 답이 아니라 질문이야. 그리고 그 질문이 독창적이라면? 그 질문을 평생에 걸쳐 변주해간다면? 그런 사람을 우리는 철학자라고도 부르고 예술가라고도 불러. 아니, 뭐라고 부르든 그것도 별로 중요하진 않은 것 같아. 그들을 뭐라고 부르든, 이들처럼 세상의 비밀을 평범한 사람들보다 조금 더 알게 된 사람들은 하나같이 동의할 거야. 과정이 전부라는 걸. 결과가 좋으면 운이 좋은 거니 땡큐고, 아니라도 할 수 없는 거지 뭐 어쩌겠어. 별로 개의치 않아.

겨울은 질문하기 좋은 계절이야. 나도 약 2,500년 전 탈레스처럼 광안리 바닷가를 걸으면서 생각해보는 거지. 질문의 친구들인 호기심, 혹은 설렘. 어쩌면 만물의 본질은 그런 것들 아닐까.

"광안리는 안 마른다."

-2004.12

2월을 좋아해. 무엇이든 실제로 이루어지기보다 그 직전에 설렘이 최고조에 달하는 것처럼, 그렇게 다가오는 봄을 예감하게 되고 무언가 좋은 일이 생길 거라는 근거 없는 희망을 느끼게 되는 달이라서 좋아. 2월을 뜻하는 영어 'February'의 어원은 '정화(淨化, Februa)'. 오래전엔 2월이 1년의 마지막 달이었고, 그래서 새해와 새 계절을 예비하며 몸과 마음을 깨끗이 하고 죄를 씻어내는 시간이었다지.

비 오는 2월은 더 좋아. '뤠이뉘 풰부루어뤼'라고 발음해 보면 더 사랑스러운 느낌이지. 지금의 아내와 사귀게 된 것도 2월, 오래 연애하다 결혼하게 된 것도 2월이어서인지 개인적으로는 더 그런 느낌이 들어. 2는 음과 양이 만나고, 달과 해가 만나고, 하늘과 땅이 만나고, 선과 악이 하나 되고, 흑과 백이 섞이는 화합과 조화를 상징하는 숫자이기도 하니까.

광안리는 내가 태어나서 처음 본 바다. 칸트가 말하는 숭고미(the Sublime)를 느끼게 한, 최초이자 최후의 압도하는 아름다움. 이십 대 초반에 지금의 아내에게 '광안리는 안 마른다'며, 그 나이 때가 아니라면 도저히 할 수 없었을 낯간지러운 대사로 고백했던 기억에 지금도 가끔 자다가 벌떡 일어나 이불킥을 하고 있지만, 여전히 마음속으로는 자주 생각하지. 내가 죽고 사라지더라도, 광안리는 안 마를 거라고.

5부· 다시, 봄의 바다와 4개의 문장

"세 종류의 사람이 있다.
산 사람, 죽은 사람,
그리고 바다로 다니는 사람."

There are three sorts of people:
those who are alive, those who are dead,
and those who are at sea

- 아나카르시스(Anacharsis)

자크 아탈리의 <바다의 시간>에는 아리스토텔레스의 흥미로운 문장이 인용되어 있어. 그런데 출처를 찾아보니 실제 이 말을 한 사람은 아리스토텔레스가 태어나기 훨씬 이전인 기원전 6세기에 흑해 연안 스키타이에서 아테네로 넘어와 현인으로 존경받았던, 솔직하고 거침없기로 유명했던 철학자 아나카르시스(Anacharsis)의 말로 보는 게 맞을 것 같아.

산 사람과 죽은 사람은 알겠는데 바다로 다니는 사람은 누구였을까. 아마도 이질적인 존재들, 기존 문명으로는 정체를 파악하기 어려운 희한한 인간들 아니었을까. 그 시대에 이

방인들은 모두 바다를 통해서 들어왔을 테니. 아나카르시스가 그렇게 아테네로 온 것처럼 말이야. 기존 문화에 순응하지 않는 골칫덩이들, 똘끼 충만해 어디로 튈지 모르는 이들, 말하자면 전설의 록밴드 퀸(Queen) 같은 이들 말이야.

퀸은 어떤 밴드인가요, 라는 질문에 그들은 답했지. "우리는 부적응자들을 위한 부적응자들입니다." 그러면서 그들은 '우리가 챔피언(We Are the Champion)'이라고 노래했어. 외계인들처럼, 침략자들처럼 돌연 우리의 감성을 헤집어놓았지. <보헤미안 랩소디>가 역사상 최초의 뮤직비디오라는 점만 봐도 그들이 얼마나 쉬지 않고 사고를 치고 싶어 안달이었는지 알 수 있어. 아리스토텔레스의 문장에는 대신 이런 게 있지. "광기 없이 위대한 정신 없다. No great mind has ever existed without a touch of madness."

“바닷가 노파들은 당신이 돌아오지 않을 거라고 말해요.
미친 여자들이야! 미친 여자들이야!”

-아멜리아 로드리게즈, <검은 돛배> 중

바닷가 음악이라면 다 좋아. 레게 같은 자메이카 음악부터 쿠바 음악, 아일랜드 음악, 우리나라 거문도 뱃노래 등등. 그중 이베리아반도 끝에 있는 나라 포르투갈을 대표하는 음악 ‘파두 Fado’는 이름부터 우리말 파도를 닮아서 매력적이야. 숙명을 뜻하는 라틴어 ‘파툼 Fatum’, 영어로 말하면 ‘Fate’와 어원을 공유하니 바다에 둘러싸인 나라의 운명 같은 걸 상징하는 의미심장한 이름이라고 할 수 있지. 한자로 ‘파두(波頭)’는, 바다와 하늘이 맞닿은 수평선을 의미해.

파두의 여왕 아멜리아 로드리게즈(Amalia Rodrigues)의 노래 <검은 돛배 Barco Negro>를 듣다 보면 ‘영성(靈性)’이라는 말을 떠올리게 돼. 흰 돛은 오늘도 무사하다는 의미이지만, 검은 돛을 달고 배가 돌아오면 누군가 죽었다는 걸 의미하니까 바닷가에서 기다리던 마을 사람들은 절망했겠지. 분명한 사실이라도 도저히 믿을 수 없었겠지. 오히려 사실을 말하는 사람들이 미친 사람들처럼 보였겠지.

언젠가부터 '진인사대천명(盡人事待天命)'이라는 말이 좋아졌어. 최선을 다하되 결과에는 별로 연연하지 않고, 안되면 다른 기회를 찾고, 되면 되는대로 맡은 바 임무를 군인처럼 수행한다는 느낌으로 살아보고 싶어졌지. 물론 솔직히 말하면 아직도 절실해질 때가 많아. 그 절실함의 이유는 대부분 사람 때문이고. 세상엔 매일매일 참담한 사건들이 벌어지니까. 비극투성이지. 하지만 그럴수록 어떤 영성, 이 세계에 대한 근본적인 믿음 같은 걸 더 꽉 쥐고 싶어지는 건 왜일까.

"저녁이야,
불 끄고 잘 시간이야."

-안도현, '스며드는 것', <간절하게 참 철없이> 중

바다를 보면서 엄마를 생각해.
바다가 인류의 엄마니까.
인간뿐이야?
모든 생명의 기원이 바다니까.

바다는 다 '받아'들여서 바다라고도 하고,
바다를 뜻하는 한자 '해(海)' 안에도
엄마(母)가 있지.

'바다'라고 소리 내 읽어보면
입술소리 'ㅂ'으로 시작해
두 글자 모두 양성모음 'ㅏ'로 이루어져
마음이 보드랍고 환해지지.

바다라고 말하면,
엄마라고 말할 때처럼
마음이 밝아지고 맑아져.

"未之思也,
夫何遠之有."

그리워하지 않는 것일 뿐.
무엇이 멀리 있단 말인가.

-공자, <논어> 중

걸어가도 금방일 만큼 광안리 가까이에 살고 있지만, 의외로 바다를 자주 못 보고 지내. 소중한 사람들을, 소중하다는 이유로 자주 잊고 지내는 것과 비슷한 이치지. 그래도 잠깐이나마 이런저런 기회로 바다에 가서 파도 소리를 듣고 스며오는 짠 내를 맡고 오면 원기가 회복되는 기분이야.

어쩌다 보니 내 의지와는 상관없이 오랜 시간 바닷가에서 살게 됐는데 내가 원래 바다를 좋아했던 건지, 살다 보니 정이 든 건지는 모르겠어. 하지만 "지혜로운 사람은 물을 좋아하고, 어진 사람은 산을 좋아한다(知者樂水 仁者樂山)"는 말을 떠올려보면 확실히 나는 바다 쪽이 맞긴 한 건 같아. 지혜롭다는 얘기가 아니라 굳이 따지자면 어짊과 더 거리가 멀다는 얘기야. 공자는 이어서 말했지. 지혜로운 사람은 동적이고, 어진 사람은 정적이며, 지혜로운 사람은 즐겁게 살고, 어진 사람은 오래 산다고.

산은 시끄럽고, 삿되고, 어지럽기 그지없는 세상에서 언제나 그 자리에 단단하게 자리 잡고 서 있으니 그런 산을 사랑하는 사람이라면 가히 어진 사람이라고 할 만하지. 반면 물은 가만히 있지 않잖아. 끊임없이 흘러 어디론가 가니까 흐르는 것, 다시 말해 변화를 사랑하는 사람이라면 호기심이 많아서 가히 지혜로운 사람이라고 해도 좋겠어.

바닷가 사람 공자의 말씀으로 마지막 문장을 쓸 수 있어서 기뻐. 존경하는 장희창 교수님 덕분에 마음에 담고 살게 된 <논어>의 멋진 한 구절도 소개하고 싶어. "그리워하지 않는 것일 테지, 무엇이 멀리 있단 말인가." 창피하지만 올해도 변명만 늘어놓으며 살아온 것 같아. 분발할게. 할 수 있는 것부터 하면서 뚜벅뚜벅 살아가 볼게. 그럼, 올해보다 조금쯤 더 나아진 모습으로 내년에 보자고!

Beach
Reading